腹話術師

金鍾泰《キムジョンテ》 日本語詩集

韓成禮《ハンソンレ》 訳

Kim Jongtae

自序

初めて日本で詩集を出版することになった。

私の詩の主なテーマは生と死の間隙に対しての思惟、純粋さを失った世界への嘆き等が土台となっている。

今年は文壇デビューから二十一年にあたる年であり、さらに意義深いものである。

今まで格別な愛情をもって対してくださった韓成禮先生に心より御礼申し上げるとともに、この喜びを日本の読者の皆様と共に分かち合いたいと思う。

二〇一九年　春

金鍾泰

金鍾泰日本語詩集　腹話術師　＊　目　次

二部　五角の部屋

三部　晦日の遊郭

金《キム》・鍾泰《ジョンテ》日本語詩集

腹話術師

韓《ハン》・成禮《ソンレ》 訳

*をつけた注は、すべて訳者・韓成禮による

一部　故郷を離れてきたものたちの夜道

酒蒸しパン

バス停の横に赤いたらい一杯
何だかおいしそうなとうもろこしの匂いにはっと我に返りました
黄色く膨れあがった酒蒸しパンを見ていたのです
一〇〇〇ウォンで一つもらって、がぶっとかぶりついたら
誰かが頭の後ろを触ったみたいで、真昼が明るくなりました
残った蒸しパンを差し込むように入れた鞄の中に広がるマッコリの匂い
酒でパンを作ったのか　パンで酒を作ったのか
一杯の酒でも酔う哀れな三三歳です
その昔、泥んこの豚を引いて市場へと出る母の手を握り
もう片方の手には酒蒸しパンを掴んで歩き回った金泉*の牛市場
大きな雄牛の背中には細雪が今日のように

はらはら陽の光の中に舞っていました
中に埋め込まれた黒豆が干しぶどうに代わっても
いつだって同じような味と香り
昼酒に酔ったまま飲む辛い味噌汁は
高鳴る胸のあちこちへと
さらさら流れ込んでいきました

＊金泉：韓国、慶尚北道中西部の都市。京釜線（ソウル〜釜山）の中間点に位置し古来道路交通の要地でもあった。市内には常設市場と定期市場があり、農産物や日用品を集散する。

玉水*

列車が川岸に着く頃　彼は
川の水に沿ってこくりこくりと舟を漕ぎながら仁川*かと尋ねた
とろんとした生気の無い目に赤紫色の半袖Tシャツ
二の腕に刻まれた青い鳥のくちばしが鋭かった
ワシもカモメでもない穏やかな眼差しに
一生涯の青春が点滅していた
列車は水の上を通り過ぎながらさらに速度を上げるように
レールにぶつかる鉄の音に夜の鳥たちが飛び上がった
都心の渡し場で西の海を夢見る鳥と
どこか陸のものではない、垢の染み付いた運動靴、
乗客たちはこれらの痕跡すべてを迷惑がった

彼はどんな信念で海を探し求めたのだろうか
今宵も汽車は古い噂で騒がしい
城北行きの最終列車を逃した国鉄の時刻表
浅瀬を探す水路が暗闇を巡る時
玉水を離れた彼が浮かび上がった
川一つ渡るのが粘り強く生きた生涯の
足跡を辿るよりも果てしないことだったのか
ここで始発列車を待つ人はいない　あなたの
固く結んだ靴紐のようにたやすくほどけぬ人生
あなたはそこで夜の背中を見ていた

＊玉水：韓国ソウルの東に位置する城東区玉水洞にある玉水駅のこと。漢江の河辺にあり、地下鉄3号線と国鉄が交差している。
＊仁川：韓国の西海岸に位置し、仁川国際空港のあるソウルから近い大都市。

真夜中の外出

我が家の前の庭は鹿野養護院の裏庭だ
閉鎖された屋外トイレの横を、実を付けられない
イチョウの雌木が一本、守るように立っていた
軽くてもゆっくりとした足取りが町内の駐車場にある
小さな店の明かりに沿って歩けば
いつの間にか養護院の正門にたどり着いていることがある
この外出が幸せであるように、
しかし夜の外出は長続きしない
病気の子どもたちが家に帰ることはない
私は開運山*の下に引っ越してきて三年になり
彼らは新しい家を建てて一年になる

駄々をこねる声が窓の隙間から漏れて出れば
ある子どもは暗闇に照らし出された母親を見る
時々揺れるように響く寺の鐘の音が
遊び場の白熱灯の下に集まるたびに
この静かな歩みも遠くに離れてはいけない
私は私の道をはっきりと知っている
今日も立ち止まる養護院の正門
沈み彫りされた「鹿野養護院」の五文字が
淡く白い夜霧に浮き彫りにされるたびに
そこの子どもたちの胸には月が沈んでゆく
私の家の入口はこの家の出口だ
固く閉ざされた門の前をうろうろして
垣根を越えた若い杏子の実をひとつ口に入れる
うっと苦い果物の味に喉が詰まる
ゆっくりと長い時間歩いて　ただ

私の家の周りを一周してくるのだ
新しい建物に遮られて光と水を失った
イチョウの木が一本、ふらふら戻ってくるのだ

＊開運山：ソウル市城北区にある山で、安岩洞と鐘岩洞の境界をなす。高さは約一三四メートル。

遊郭に沈む月

誰かが捨てたハイヒールに霜が降りて路上の健康飲料の小瓶に薄く氷が張った
この路地の番人は遊牧民の子孫なのだろうか　チョコパイの袋を風に乗せて吉音*産
婦人科の青い十字架の前で祈りを捧げた　翼も持たず空を夢見るのは無謀な話なの
だろう　集まってきたタクシー　怪しい噂を紙コップに突っ込んで点々と夜明けを
探して下り坂に消えていった　欲望の割り増しが解ければこの穴に入っていった者
たちはすべてこの穴から出てくるだろう　夜通し呻き苦しんでいた月が沈めば誰か
が道の先の屋台でうどんを作るだろう　つわりのひどかった白熱灯の晩産とおでん
の汁の中を遊泳する胎児の夢　あの月の新たな赤ん坊はどの空を照らすのだろうか
巨大なコンドームが熱気球のように浮かび上がって光の体をすべて覆った　商人が
之を誉めて曰く能く陥すもの莫し（譽之曰　莫能陷也）とイーストのように膨らん
だ乳房がぺたっとしぼんだ

＊吉音：ソウル特別市城北区にある町。

彌阿里*

傘をさして彌阿里を渡る時
初老の男がタバコの火を借りに来た
薄くなった頭を新聞紙の束で覆ったまま
彼が咥えた煙草は半分ほど濡れて
坂道の電柱は人家の方へと曲がっている
アリラン峠のどこかで足をこんこんと踏み鳴らす
私の女を考えるだけだった
行く道は迂回路しかないので梅雨の風は
連れ合いを失っても寂しがることはなく
炎が作れない火花の前に立ち
「智異山処女菩薩占い」の看板を遮る白張り提灯*を見る
ふと弔問客のように悲しくなった

いかなる前世が
雨漏りのするパラソルを白熱灯のように立てて
彼女と私の無意味な相関性を
上から下に照りつけているのだろうか
客たちの事情を訊いていた処女菩薩は
自分の来歴を広げたままその上に臥した
ライターがぴかっと光って消える間
彼は親指に力を入れながら
引っ張って来た背後の首かせを流し見た
私は濡れているであろう女のことを考えるばかりだった　死の後に
匿名の痕跡を消していくサイレンの音が
ゆっくりと夜の峠を過ぎていった
今もまだ老人はライターの火を付けようとしていた

＊彌阿里：現在の江北区彌阿洞の一九五〇年以前の名称。
＊白張り提灯：白紙を張っただけで、油をひいたり字や絵をかいたりしてない提灯。葬礼に用いる。

京東薬令市場*

市場の終わりは古い香りで満ち溢れ
早い時間での盃を陳列台の上でひっくり返せば
安宿へ冬眠しに行く
蛇商人のどっしりとした肩の線
むさい足取りに一切れのぼろは
鱗の絡まった風にも臆することがない
悠々と朽ちていくあのガラス瓶の中
幼い白蛇の真っ白な二つの頬
頭に担いだ祭基洞清涼里*の女の
ゴム容器の白い桔梗
重さを量る市場の奥の方

家も道もすべて失ったように行き止まりの道端で
しじみの汁をすくうあの世の花の咲く手の甲
故郷を離れてきたものたちの夜道を照らす
ネオンサインのまぶしいほどの気恥ずかしさ
銀の懐刀のように身につけてきた
最後の香りさえも揮発してしまいそうだ
切られた薬草のかけらの上に撒き散らされたように降る雪
コンクリートのどこへでも降りかかろうとしている
土色の傷の黒い洞窟の中

＊京東薬令市場：ソウル特別市東大門区祭基洞と龍頭洞一帯に位置する韓方薬の材料を扱う専門市場。全国取引量の七〇％を占める韓国の代表的な韓方薬取引の中心地。
＊清涼里：ソウル特別市東大門区に位置する洞。東側は徽慶洞、南側は典農洞、西側は祭基洞、北側は回基洞及び城北区鐘岩洞と隣接している。

テヘラン路*の木のベンチ

——李建濟兄さんへ

どこから来たのか分からない命がここにある　ビルの間を掠める風の日々、無常な砂の国がネオンの明かりの下に果てしない　私はナマク湖*の喉の渇いたラクダ、カヴィール砂漠*の山の明るい月の下で正気を失った主人の男を乗せてカーシャーン*を過ぎ、ヤズド*を過ぎ、ルート砂漠*の砂の泣き声の中を干し草のように渡るだろうケルマーン*で旅館を営む未亡人の主人は、まだしきりに寝返りを打っているが　窓の隙間に旅費を残して出ていったらどうか　皓々とした星の光の下、大声で泣いたとしても　飼い葉桶の乾いたサトウダイコンの葉が再び濡れるだろうか　裸足で歩道のブロックの点字を探って行けば、来るはずのない昔の恋人が土ぼこりのように赤らんで、思い出は古くなるほど美しいだろう　時間の嵐が吹きつければ白いひげでぬくもりを編み、エレ　エレ　エレベーターは上がって行くだろうから　定まった場所がないからこそ歳月しかなく、また他の何かに寄り掛かるのだろう　行商を

背負って公園に向かう冒険好きな男たちは知らないだろう　誰も踏み入れていない
落葉がこの道の空いた身体を覆えば、明け方の紅葉の糸のように細い血管をなでつ
けながらバンプール*の夜の青いオアシスの村に入っていくだろう　ついに夢から覚
めないのだろう

*テヘラン路：大韓民国ソウル特別市江南区を東西に走る長さ三・七キロメートル、幅四〇メートルの道路。韓国におけるビジネス、金融の中心街である。テヘラン路の名称はイランの首都テヘランにちなむものである。一九七〇年代は韓国の建設業社の中東進出が活発であったが、一九七七年六月、イランのテヘラン市長がソウルを訪問した際、友好の印とするためソウルとテヘランの地名を冠した通りを一つずつ作ることになり、ソウルでは三陵路(旧)をテヘラン路と改称した。テヘランにはソウル通りがある。

*ナマク湖：イラン北部、マルカジー州にある沼沢地と塩湖。テヘランの南約一一〇キロメートル、コム・マルシエ盆地に位置する。涸れ川が多く湖水が安定しない。黄色の砂地の先には白い塩(ナマク)が浮かび、その下に黒色の土地がある。

*カヴィール砂漠：イラン北部、イラン高原にある砂漠。南東部はルート砂漠に続いている。

*カーシャーン：イランのエスファハーン州にある都市。カヴィール砂漠の端に沿いコム州とケルマーン州を繋ぐ道に接する場所に位置する。

*ヤズド：イラン中央部、ヤズド州の州都。イランにおいて古い歴史をもつ都市の一つで、ゾロアスター教文化の中心地である。

*ルート砂漠：イラン東部、ケルマーン州に位置する大砂漠である。岩石が多く、暑いことで有名。

*ケルマーン：イランのケルマーン州の州都。イスラーム期においてイランの文化的中心地のひとつとなった。

*バンプール：イランのスィースターン・バルーチェスターン州にある都市。人口は約九〇〇〇人。

夜明けのガソリン・スタンド

トランクの中の空いた容器のように飢えた私は
都心の浅い川の向こうにあるスタンドにたどり着く
私の一挙手一投足を監視するあなた、
この街を通り過ぎる度に狂気の漂う夜の空気と
酒に酔った腹に一度くらいは
驚いてくれたりもするあなたの礼儀作法

私もまた誰かの家電道具のように今までむやみに暮らしてきた
徐々に消えていく体の放電を楽しみながら
口をしばらく開けたまま
牛乳を投入したりニコチンを補充する
しかしあなた、あるもの無いもの

休む間もなく消費し　また絶え間なく熱い息を吐くあなた

満たされないアドバルーンの中の暗闇
蛍光灯の光　あなたは右腕で私の肩を照らす
私の左手をあなたの右手の甲上に載せたら
肩の痩せた骨だけ触れるあなたの夜
街灯の街路樹、私たちは二人ではなかったり
二人だったりもした　そしてコンビニの人波

充填がすべて終わるまで馴染みのない場所に止まっていたエンジンは
恐怖と孤独を装いながらおとなしく息を殺していなければならない
運転手は安全ルール順守にためらわなくてはならない
けれども一度くらいはこの路地の間があなたの爆音に
私の隠密な趣向は冗談のように路面に散らばるかもしれない
夜と昼の崩壊した境界、その間に広がるあなたの転回

春の日のダリア

低い声で吟じなければならない
一時は私の心臓の中にも
夭折の夢が冬眠していたが
一つの体が別の体から滑り出てくる時
新生の風景だけで
余生を見ろと言うように耐えられるものなので
ランよ　あなたもまた
声を出さずに泣かなくてはならない
球根の絡み合ったもつれをほどき
殻が殻を脱ぎ捨て裸で生まれるように
そうやって肌をこすり

土くさい匂いの中で新たな暮らしを始めてみよう
春の雨が全身を濡らす前に
下着を脱がなければならない
一〇〇日ほど耐えて秋になれば
天竺の花*が咲くだろう
ライラックの影に白い灯火がかかる時
かげろうのように姿かたちも
影もなく
思ったより低く、ランよ

*天竺の花：ダリアは花の形がボタンに似ているため、テンジクボタン（天竺牡丹）とも呼ばれる。

皆既月食

影の絡み合う家に　疲れた体を運び込めば
大きくなっていくムカデの群れ　目を閉じて見えず
血の付いた卵を産む夜行性のむずつき
裸になって羽化して　雲の彼方へ飛び出そうか
女王ムカデが月より大きくなる日
屍は腐って崩れ落ち　飛ぶ虫になるのだろうから
日の昇る前にすべて飛んでいって　下着が一枚残り
二度と光の国に触れることはできないだろう

乾いた梅雨

どれほど下着をたくさん着替えれば　あなたの住む砂漠にたどり着けるだろうか
洗濯機のように同じ場所を回らねばならないのは　一人で濡れるだけなのだ
ベランダに乗り越えてくる闇は　長い間の心の浸透に勝てず
体の中のいくつもの時間を捨てるにつれて　白くぼんやりと蘇る記憶の水泡
一度流れていったものは　雷鳴や稲光になって帰ってはこない
またすぐ熱帯夜になるだろうが　私の鼓膜は小さな音でさえ破れる

紫木蓮の影の遠くから

満開の花の下
影はいつも土の色を語るだけだ
背の低い二本の木は離れて暮らすほど言葉はないが
花びらの影はきちんと重なり
昼につけておいた水銀の灯りで知られてしまう
日陰に隠れた一組の若い恋人たちが
キスし合っている　彼らは必ず
低い声で話すのだが
表現しがたい香りで芽吹いた花の影は
一枚、二枚と落花の破門を請うて
世界を明と暗に引き裂くだけだ

草むらに顔を背けて歩く私は後ろめたいことでもあるかのように
そこにこれ以上近づけない
今年の春も過ぎ去る頃　二本の
紫木蓮と向かい合う校庭の裏手
どこに紫色が咲いたのかと
訊く人がいたが　そのたびに私は
一人、二人と女の香りと色を消した
恋人よ、あなたたちはかすかな場所だけに
あまりに長くとどまったのではないか　いつか
彼らも白髪の老夫婦になり
もう一度晩春の花盛りの中で
内緒の話を囁くのだろうか　その時までに
あの二本の木は花を咲かすのだろうか
果てしなく悲しく深い谷の底
誰かが一人でゆっくりと通り過ぎたとて

青桐*の夜

トノサマガエルの息の音に桐の葉が揺れる
あなたの体の引潮のような記憶を消すならば
青桐のところへ行って濡れた月明かりを避けなさい
傷の開いた体が時折沁みるならば
青桐の下に立って夜の雨を凌ぎなさい
鳴き袋がなくても共鳴する心があれば
青桐の森の中は暗くて穏やかだろう
細くなった雨脚にも青桐は長らく泣く
自分の体がすすんで雨着になったからなのだろう

＊青桐：アオイ科アオギリ属の落葉高木。多くは街路樹や庭木として植えられる。

愛

石垣の傍らでひまわりが少しの間眠ってしまった　赤ん坊の爪半月ほどの花びらの愛は少しずつ育って、重くなった首は地面ばかりを見て泣いていた　涙が土の中へと流れ流れて野の草を育てる夜　あなたを見ることのできない悲しみは細い根を伝ってひまわりは死に花になった　切れた首も気にせずに空を見上げて眠れるから本当に幸せだ　種は一粒残らず逃げて、笑顔はぱっと開いている　けれども私の愛するあなたは遠くの道を見つめている　あなたの深くに触れたいけれど切ない気持ちを届ける術がない　もう一度死んでしまえば明るい空に昼の月となって私たちは手を触れられるだろうか　愛しあえる時間が首にかかっているのだが　太陽よりも熱い愛を分かち合えるのなら、掠めていく身を切るような風よ　百万回も千万回も首を切っておくれ

曇りガラス

これ以上凍り付くものが残っているのか　流れていかない暗闇、窓枠で食い違って開かない窓、頑強に持ちこたえた一日が扉に挟まって軋んでいる　たまに窓が開かない時　曇りガラスに額を付けて世界を見る　貧しい集落　上り坂の階段の上にも約束したように明かりは灯り、早めに人の足取りが途切れる　凍え死んだ雑草は崩れた家の過去を記憶しているだろうが、散らばった瓦のかけらのように　しばらくとどまってから去っていく渡り鳥は　老いたポプラの木の事情を知る必要もない彼らはただ　あの木の枝も春の雨が吹きつけた時に　生死の秘密が巣に入るように身を隠したと推し量るだけなのだ　泣くべきことが残っているので　落ち葉は風の道を辿ることだけに固執しない　石の坂道の角で涙をにじませる古い建物、再開発を控えた家たちが燃灯*のようにちらつく　餡パンをくわえた子どもたちが抱えていく花模様の提灯の行列、都市の夕方を眠らせる口笛の音がする頃　ぼんやりとした

世界への問いを白紙の上に書く　引き出しの中の羅針盤は揺れながらも北を指すが
凍った道がぬかるむ朝が来ればこの扉は再び開くだろう

＊燃灯：法会の時、供養のため火を灯すこと。また、その日。

扁桃腺の腫れた夜

喉に乾燥注意報が出された　あらかじめ隠せなかった言葉たちが互いに視線を窺いながらわめきたてている　ベランダで育ててきた白いアイビー*とベンジャミン*の葉たちが騒ぎ立て　殴り書きした懺悔の文句までもまともではない　天井にぶら下がって涙を浮かべる明かりは　箪笥の後ろに隠した幼い頃の日記を読み上げてくれる　窓は風の手話で　隠しておいた恥ずかしさを起こして　涙が目の下に引っかかって流れない夜だ　過ぎた季節に咲かせた華麗な形容詞たちは私の生をどれだけみすぼらしくしたことか　私の生み出した言葉たちに私が袋叩きにされる　言葉のマラソンに疲れて言葉を失う　引き出しのどこかに白い薬の袋があるだろう　喉に隠れていた言葉たちが苦い苦い粉薬を被ったまま互いに安否を問う　簡単に死ぬわけにはいかない言葉の色たち　胸はぽっかりと空いているというのに一杯の温かい水を飲めば堂々とした言葉を何度も口にしたい　心が温かくなればいつか喉の奥に

飛び込んでくるようになるだろう

＊アイビー：ウコギ科の常緑つる性低木。建物の壁面や鉢仕立てにいたるまで、観葉植物としての用途は広い。
＊ベンジャミン：観葉植物として栽培され、多くの品種がある。育てる環境が変わると葉が落ちる習性がある。

体、タクラマカン*

砂風が狼のように鳴く夜　あなたの体の中にゆっくりと入りこむ皓々とした月明かりの下、頭が膨れ上がり地を打って深く深く入り込んでいくだろう　砂の男になって目も耳も細かく砕け、あの宇宙の外側をぐるぐる回りながら昇っていくだろう　どこかにあるオアシスのことを考えると輝く星のような砂を拾って食べたくなるだろう　今まさに生まれる五臓六腑も一日もすれば腐るだろうから　目を閉じて過去を思い出してみる　けれども私の体の他には誰もおらず素肌の隠喩も見送ることになるだろう　古びた時間にすがって体を分け合った見知らぬ女とその女の体の中で死産してしまった魂のことも思い出すだろう　時間が過ぎれば耐えられぬ悲しみなど一つもないだろう　肉も骨も腱もあなたの深い所に身を隠しているだろう　内臓が解けながら出すうめき声はしばらく忘れてもいいだろう　あの砂の女がわき上がってきても私は二度と出て行かぬだろう　千年の墓の中に導く音は穏やかだが、

聞き続けてその時になれば耳を塞ぐだろう

＊タクラマカン砂漠：中央アジアのタリム盆地の大部分を占める砂漠。一帯は現在中国の新疆ウイグル自治区に属している。名称の語源は、ウイグル語の「タッキリ（死）」「マカン（無限）」の合成語と言われ、「死の世界」「永遠に生命が存在し得ない場所」といったニュアンスとされる。

邂逅*

空っぽの実がなる私の夢、夢の中の夢、晩秋も過ぎ去ったその夢の中の夢で、あなたは数万通りの姿で立っている　年月の角を曲がりに曲がって私は秋風嶺*を越えて催涙ガスを吸い、祭基洞のみすぼらしい食堂の食券を買って北岳山*のふもとへと流れつき、暗い地下室のボイラーの温度を上げる　寒さに耐えられない日は時々ソウルの夜の街をうろつき回りもする　実をすべて落としたままの木、さまざまな懐かしい姿で仁寺洞の十字路あるいは黄鶴洞*の路地裏で月暈*に乗って降りてくる　色褪せた木の葉を翼のように羽ばたかせる木、傷だらけの年輪、私たちの初夜の通り過ぎた時間は計り知れない　無邪気な歳月、今となっては私の痛い夢に出てきてゆさゆさと眠りを揺さぶっても私は起床できない　潰された足の指、あなたまで壊れるのだろうか、ばい煙を追って蒸発する夕方の露を飲むと、震えあがるあなたの手の甲の上に木の皮のような空腹が芽生える　どんぐりが雷にでも当たって、三、四

日ほど気絶すれば、針のように細くなったあなたの神経が硬くなった角質だらけの
私の肩を刺す　夢から覚めよと、早く起きよと、冬の雨でも降れば座り込むのでは
ないかと、私たちが体をこすりつつ燃え上がる炎がコンクリートの地面に広がって
いた

＊邂逅：思いがけなく出会うこと。偶然の出会い。
＊秋風嶺：大韓民国忠清北道永同郡と慶尚北道金泉市の間にある峠。小白山脈にあり、原三国時代は辰韓と馬韓の、三国時代は新羅と百済の境界となっていた。
＊北岳山：ソウル特別市鍾路区の景福宮北側に位置する山。別名として白岳山とも呼ばれる。ソウル盆地を取り囲んでおり、高さは約三四二メートル。
＊黄鶴洞：ソウル特別市中区にある行政洞。ソウル中心部を流れる清渓川の南側に位置している。
＊月暈：月に薄い雲がかかった際にその周囲に光の輪が現れる待機化学現象。

雪花

腐った枝に降りしきる雪は生きている
俗世間を絶った後の行き場のない思いが
冬芽となって虚空を抱きしめ
根の方にある管の束のどこかでは
水の通り道が詰まるほどに輝く寂しさを
死が支えているからだ
生が外道ならば雪はまたどんな
境界の外なのか　古寺の森は明るく
今まで歩いてきた道たちが稜線に絡む
縁のない裸木たちの半分は生きて半分は死ぬ
薄緑の季節を消しながらやせ細っていく時
ほとんどの通り道は永遠に塞がるだろう

動かない駒

その古びた楽器は勝手に共鳴する　暗く低い音に倣ってその形体は彼女の体に似ていき　空色の箪笥の上に横たわる　赤褐色の楽器の名はチェロという　高い音から順番に三つの弦は切れて　最後の太い弦だけで駒をぎゅっと抱きしめたまま去っていった演奏者の小さな乳房を思う　駒はひどく曲がっている　幽霊のように誰かが現れて一つの弦だけで　夕方に軽く演奏するのか　向こうにさらに離れていく世の中の人々と　少しずつより曲がっていく駒の間には何もないが　曲もなく息が切れていく　タコができて硬くなり白く曲がった足では　絶頂の音域には行けないだろう　楽器に似た女は男に似た楽器と愛を分かち合って　目を開けた彼らはこの寝室に来るだろう　誰かが空色の箪笥に載った木の心臓を叩けば拗ねるので　駒は白い埃の中で少しも動かない

ヴィオロンチェロがあった冬

線路の上をひとりで歩くかのようにチェロのG線に沿って
気の重い冬を渡って行きました
私はその人生に常に伴奏も
音楽も無いのに踊るならず者だったのです
べったりと汗に濡れた夜毎に
ウラニウムの混ざっているかも知れぬ
一・五リットルの水を飲んだのです
汽車の警笛の音が聞こえる冬の夜でした
彼女の首に巻きつきながら伴奏のない組曲を
演奏しました　汽車は駅に着いても
止まりませんでした

ゆったりとした私たちの愛には駒が無く
警笛がチェロの弦に沿って疾走する
プラットホームに座り込んでうどんを食べました
鉄路を徘徊する影に切られた首
私はとても強いスーパーエゴを持っています
胸はどれほど悲しいエレジーの前でも
びくともしませんでした
夜明けにも布団を足ではぐ体は
がらんと空いた金庫のように役に立たず閉ざされていました
その年の冬
線路の上をひとりで進むかのようにチェロのE線に沿って
ある人を放してあげました
ゆらゆら揺れる吹雪の中に
チェロを投げ付けました

冬至日の頃

食券の入った黄色い封筒を受け取った十二月の朝
私に月払いで食事を作ってくれていた下の階のおばさんが
大学病院に入院した
卵を二つずつ焼いていたおばさんが
初経を思い出しつつじんと胸がしみる時
前庭にある柿の葉の不思議な手話は
潔く落ちる方法を教えてくれた
下宿生たちは集まることもなく
日々　洗濯物だけが溜まっていった

退院したおばさんは昼下がりの日差しに

手が冷えると言ってカーテンを引いた
味噌色のむくんだ手でばりばり皮を剥いた
ニンニクの匂いを嗅いでいれば
沈む日は少しずつ長くなっていくのだろう
長い間拭いていない窓ガラス越しに
腫瘍のできた子宮のような昼の月が浮かんだ
ズボンのポケットに突っ込んであった食券二枚
睾丸のように冷たくなっている

紙を拾う老人

足を引きずりながら「無いかね?」と言う
夕陽の沈む頃
古びた軍服のズボンと白い運動靴姿で
「無いかね?」「無いかね?」
街灯のぼんやりとした石の階段を上がる

彼のリヤカーには破れたラーメンの箱と
ふくれ上がった漫画本と新聞紙の束が載せられて
急な坂道を上がったり急カーブを曲がったりしながらも
「無いかね?」とだけ呟く
それは唯一の言葉

何やら返事をする人々に「無いかね？」と
ため息を吐き出す胸の内が気になる度に
最初で最後の呪術にかかったように私は
その背中をぼんやりと眺める時がある

「無いかね？」
「無いかね？」
「無いかね？」
詩人の吟詠のような声は
実際はどんな音域にも留まらないが
不在と存在の間で内通するその言葉が
私の人生の不和を呼び起こす時がある

なくてはならないものがないということ
あってはいけないものがあるということ

サイダーを飲む老婆

開運山に春風が吹いたと
B〇二号の老婆はアカシアの花びらを食べ
まだ独身の孫とたった二人で暮らしている
安岩洞五街九ー一五号から僧伽大学*の正門まで
その短い旅路に沿って時々
病んだ生涯が回診を受ける

開運寺*の塀を掴んで冥途への道を渡るかのように
僧伽スーパーに寄って私と出会えば
サイダーの泡立つこの黄昏に
「朝ごはんは食べたか」と言いながら頷く

その朝ごはんは昨日のことだろうか
黄砂の風のざわつく今日のことだろうか
私は食べるためにご飯と汁を入れ
老婆は空にするためにサイダーを飲む

高麗大学クリーニング屋の前のドラム缶が
曲がった背中にがちゃがちゃ音を立てれば
夕暮れ時の鳩は何の予告も無く
手すりの上の巣に戻っていく
彼女の子宮は乾いた井戸のように黒く焦げているのだろうか
最後に残った二つの前歯と共に
もうすぐすべての味覚は消えていくのだろう
まだ記憶の春が　夕陽の光の川の水が
満ちていく頭蓋骨に残っているのだろうか

早い朝食や遅い夕食のために
私がラーメンとたくあんを買う時にも
あるいはキムチと豆腐を買う時にも　老婆は
引潮のように消えてゆく祭りの深夜を待つばかりで
へそまで届きそうな潰れた乳房と
かんざしも傾く薄くなった白髪と共に
ただぶつぶつ
時にはむしゃくしゃ

＊僧伽大学：京畿道金浦市にある仏教系列の市立大学である中央僧伽大学を指す。現代式の僧侶育成機関。一九八一年から二〇〇一年までソウル特別市安岩洞に置かれていた。
＊開運寺：ソウル特別市城北区安岩洞五街にある寺院。大韓仏教曹渓宗直轄教区の本寺である曹渓寺の末寺。

旅立つ魂たち

金曜日、夜間期末テストの監督をして
天安*からソウルに帰る夜一〇時一〇分
通学なのか通勤なのか紛らわしい
高速道路の料金所を通過する時は
幼く見える男子学生たちが窓に頭を打ち付けていびきをかいている
バイバイ、天安の三差路から鷹峰洞*まで
行けども行けども往十里*だ　雪が降って
三、四日ほど雪の中にすっぽりと閉じ込められればいい

片方では暗い車窓に甘い愛の言葉を貼り付けて
反対側では買ってきたお菓子を少しずつ頬張ると
私たちの空は車の窓ガラスくらいに狭くなってきて

何も書けなかった答案用紙を広げておいた虚しさのようだ
暗闇の中に押し出された夜の空気の伝言
私は二袋の答案用紙で膨らんだ
色褪せたレザーのカバンを抱きしめる

今年の最後のバス
星の光で澄んだ夜空に雪が降りしきり
それが初雪だと思う子供たち
眠気に耐えられない瞳はだんだんと沈むように閉じ
雪と雨の降る日に旅立つ青い魂たち
皆車に乗せられ力強く走って
平沢*で流れが滞り新葛*で道が詰まって
バスがしばらく路肩に止まったとしても

最後の宿題を提出したはずの

始発でも最終便でもない真夜中の高速道路
初雪、初雪を叫ぶたびに
少しずつ、少しずつバスは走り
竹田[*]へと盆唐[*]へと彼らを降ろしてやると
実際にソウルに行く人たちはあまりいないが
良才駅[*]に着けば皆が乗り換えの時間
一日が二日になり
止まるとすぐ再び発つのだろうが

＊天安：大韓民国忠清南道東北部にある都市。特急列車、地下鉄等でソウルとの行き来が可能なためベッドタウンになりつつある。
＊鷹峰洞：ソウル特別市城北区にある行政洞。韓国の春の花であるレンギョウの群生地として有名な鷹峰山のふもとに位置する。
＊往十里：ソウルの東で漢江の近くに位置した町。
＊平沢：大韓民国京畿道南部にある市。
＊新葛：大韓民国京畿道龍仁市器興区にある洞。
＊竹田：京畿道龍仁市北西部に位置する洞。
＊盆唐：京畿道城南市南部に位置する区。
＊良才駅：ソウル特別市瑞草区良才洞にあるソウル交通公社と新盆唐線の駅。

二部　五角の部屋

破墨*

畔に火を放ち　手持無沙汰にしていた火掻き棒で　灰の山をかき混ぜています
影とか煙とか寂しさと言うものたち、すべて去っても体臭のように刻まれています
今更ながら生きていて達することのない隠喩を思い出します　崖の先を越えて、青
海原を越えて、また別の崖の先、朝になればその夢は土色に忘れ去られます　誰か
が背中を押して岩の根元を掴み　けがをしたその人の指のあざに唇をつけます　埃
が埃に覆われて音が音に飛ばされて体温が体温に絡みつく　別れの音程が上がって
いきます　死を死で消すような口笛の音です　明日にもなればあちらこちらの道も
自分の名を失うでしょう　遠い道のりをうかがうあの虚空が眠れぬままガラガラと
音を立てる夜が来ます

＊破墨：水墨画の技法の一つ。墨を重ねて墨の濃淡で立体感を表現する技法。

割れた鏡の中を見る

割れた鏡の中の無数の道を見る
細く裂けた身が整列する区域ごとに
消印は押されているが差出人の分からない手紙のように
銀色の破片が互いを引っぱる
名も無く近付き、紙切れと消える
冷たい、突く、肉が裂ける、熱い
全く自らの形体を失う空身の住所がある
秋の日の遅い午後、一人で割れた鏡の前に立てば
冬の木の夕方の葉のように消えた体が
私のむさ苦しい精神の隅々で風を起こす
家を出て一〇年になった父の目の前で揺らめき

ひととき仲の良かった恋人たちは耳もとでひそひそと囁く
幻想症候群の患者の哀訴のように
おお！　新しい腕と足がむずむずと生える
糸のようなヒビで互いに違う夕方の闇が来る
脳髄まで絡む硝子の蜘蛛の巣
ごちゃごちゃつながり、また切れたままで月の影を映す
ざら紙のようにしわくちゃになり、さらに大きな痛みが肌に鮮やかだ
確かに鏡の中には自分しかいない、いやいや
散々に壊れた私の体の瞬間の中には鏡しかない
あのヒビの皺が全身を覆って行く時も
それは本当は私の腕と私の足首ではないだろう
過ぎ去った時間は返送されるかも知れないが
いやいや、その返送地にも私はいないだろう

五角の部屋

冬の樹木の靴はどんな形だろう、倒れた木は素足で土を失った根の心は次第に塞
いでいく　茶馬古道*をかろうじて膝で這って越えたように革の登山靴が黄疸を病ん
だ脳卒中集中治療室、垂直のみすぼらしさと斜線の悲しみとの間に染み込んだ残光
に、櫛の歯模様に皺の多い手相がもじもじしている

右の額で西の空を眺めようとする涙ぐましい行為だ
心のかけらで冷たい胸をつかむ岩登りの必死の力だ

記憶は結局一点なのだろうか、そこに緩やかに届いていく死闘の数々、その点を
先ず抱こうとする投身の数々、躊躇いでどこにも向かえず夜に身を閉じる　血と肉
の界で一筋の飛行雲がかすんで見える　地上の部屋はいつか病室になるだろうが漂
う薬の臭いは慣れるほど無言になる　全ての比喩は幻滅に向かうのだと

これほど静かな呟きがあっただろうか
両側がキヨク字（ㄱ）*状の窓へと退室した訃報のようにぶつかる雪

尖塔に聳え立つ立て看板にへたり込んで倒れる裸体　言語道断にも、感覚は消え
失せて苦痛はあるのだが感じない　二言三言、虚空の間に襤褸をまとった逆説は、
堅固な方程式に落ち着くだろうか　涙の奥に入った時間が涸れた河のように流れて
いけば砂丘の上の青い花びらに灰色の下着を被せてやりたい

ベッドの外に突き出た膝は、相変わらず古道を越えている

＊茶馬古道：雲南省で取れた茶をチベットの馬と交換したことから名付けられた交易路。
＊キヨク字（ㄱ）：ハングルを構成する子音のひとつ。最初の子音。

風

昨年の冬、目頭の下がいつも痙攣していた
風には火熱*が強く陰血*の足りない内風*と
脳血管の障害で気を失う中風*があるのだと
近頃、風はできの悪い脳髄を揺さぶったりもするのだと
医者は内外の風すべてに気を付けるように言ったのだが

数えきれない日没と日の出ががらんとした
渡り鳥の飛来地を通り過ぎるたびに
心から避けていった風の気が
今日は体の片隅に宿っていたので
右の顔面の筋肉が一人で踊る時にも

二つの手の平をこすり合わせて向かい火を放ち
時間を失ってうろつくある人を思い描く

春の風に乗ってこの谷、あの谷
彷徨う晩春のタンポポの綿毛のように
未婚の秋にも春は宿り
黄金の網の日没に背を向けたとしても
熱気を含んだ黄砂で昼はひりひりとするが
世の中の愛憎の背と腰を越えていくこの風は
爛漫な超越の種を含んでいるのだが

いっそ内外の風であったり霊魂と肉体の風であったり
風の居場所とは追い出すものではなく、すなわち
自らその体の子宮の沼に深く入り込み
眠っている火になってみるのもまたどうだろうか

浮ついた心であったり風であったり体であったり　すべてが
うっとりとした宇宙の風の中に安らかに宿っているもの、すなわち
服薬の盃などを交わすのはまたどうだろうか

＊火熱：人体の部位や組織、生理的な活動を陰と陽に分ける韓医学の観点で、陽に分類される気が体の中に集まりすぎ、熱が外に排出されず症状が発生する状態。
＊陰血：血のこと。韓医学において、気は陽に分けられるのに対して血は陰に分けられる。
＊中風：脳卒中の発作の後遺症として主に半身不随となる状態。中気。
＊内風：自然界には、気象の変動を左右する風、寒、暑、湿、燥、火（熱）の六つの現象があり、これら気象の状態も病気を引き起こす一つの原因であるという韓医学の考え方のもと、火が風を引き起こすように体内に風が舞う状態。内風の症状が進行したものが脳卒中と言われる。

耳鳴り

晩春に訪れたぼうっとする耳鳴りが
ひと月余り経っても消えない
強いステロイド剤と血流改善剤にも
簡単に引かない病気とは言えない病気なのだが
魂の孤独、鬱憤だとか何だかんだ言いながら彷徨えば
甘やかしてさらに大きく共鳴して
解釈も比喩もすべて黙殺するこの音響
浅い眠りにさえつけず夜明けが来る

断続的にまたは連続的に
汚れた服を脱げと洗濯機が回る音

疲れた仕事を終えよと鐘を打つ音
よし、一度出て行ってみなさい　警笛の鳴る音まで
ここだけで止まって掘った洞窟の中
あまりにも多くのものたちに埋もれて生きてきたせいなのか
ただ愛憎とは誰も聞くことのできない音を
ひどく辛いふりをしながら聞いていなければならない時の心情

私の体で響く幻聴とか
世界の外を彷徨う噂とか
そのすべての境界がするりと解ければ
その時になってまた服を脱ぎ手を脱ぎ心を脱ぎ
夜汽車の網棚に空っぽの体を載せる真似でもしようか
もともと来た所も行った所も分からない時間
簡単に行き来する愛だの涙だの、というのも
この音に乗せて送り出せば消えるだろうか

手ぬぐい

私の畳んだ手ぬぐいはいつも十六重だ
こう言って見ると私にはまだ
流さねばならない涙が少しは残っているようだ
世の中の無謀な質問の前に冷汗を流したり
無関心と冷笑の中で気後れがする時なら
誰かが手ぬぐいを取り出し、 私の額に当てる
私は手ぬぐいで土の付いた口をぬぐう
私は手ぬぐいで血の流れた肝をぬぐう
私は手ぬぐいで毒の広がった心をぬぐう
地上には黙々と呑み込まねばならないほこりがあまりにも多く
時には口と鼻を塞ぐだけで慰めになる

擦り切れて糸の出た手ぬぐいをゴミ箱に捨てるまで
胸の中に入れねばならない手ぬぐいは十六重だ
私は一度も誰かを許すことはできなかった
まだ待つべきことがかなり残っているように
私は遠い山を見つつ無心に手ぬぐいを畳む

幻肢痛*

毛帽子のついた黒いコートを着た一人の老人が訪ねてきた
彼を見た瞬間私の顔にもしわが寄っていった

彼は無い足と無い腕が痛いと言った
彼は無い心と無い愛が痛いと言った
彼は無い目と無い耳が痛いと言った
彼は無い悲しみと無い憎悪が痛いと言った
彼はいない父といない妻が痛いと言った
彼は無い涙と無い海が痛いと言った
彼は無い別れと無い死が痛いとも言った

生きている者たちだけが彼を迎えるわけではなかった
痛みを鎮めれば彼はここに留まらないだろう

＊幻視痛：怪我や病気によって四肢を切断した患者の多くが体験する、難治性の疼痛。例えば足を切断したにもかかわらず、無い足に痛みを感じるといった状態を指す。

自己輸血

ステンレス製のメスはつま先からきょろきょろと見まわして点滴液をいじる　白衣は髪の毛先からぼんやりとした白い空気を吸いこみながら一、二、三、そして別れの少し後の出会いのちらつく千の手が血液バッグの中に込められた待ちわびる思いを静脈の中へと再び詰め込む　無痛のスイッチを押すほどに慈しみの凝固は長くなるだろう　虚空を彷徨う観音の指紋たちよ　忘れようとすれば必ず蘇ってくるものがある　忘却と記憶の回転扉を通り心理を悟れない無知無明は遠い海に流した水の流れの勢いを編み　私の体の深い所をそっと撫でてくれる

あの血が消えればあなたの心の声を思い起こせるだろうか
誰も自分の目に溜まった涙は見られないだろう

恋文

最後の食事かもしれないという思いで　コチュジャンを付けた生のキュウリと汁
に浸したご飯を無理やりかき込みました　最後の一夜かもしれないという思いで
麦茶で睡眠薬を噛み砕きながら　穏やかな眠りにつきました　運よく目が覚めた朝
に最後の講義かもしれないという思いで　力の限り大声で話し　青いマーカーペン
で書きなぐりました　最後の給料かもしれないという思いで　呆然とＡＴＭの前に
立ったりしました　最後の涙かもしれないという思いで　人知れず　思う存分泣い
たりもしました　しかし最後の詩作かもしれないという思いでは　一行の詩さえ書
けませんでした

ガラス窓

今宵、流星雨が降ると言っていた　森の奥、遠くに隠れた明かりを眺めると書斎の透明な二重窓のガラスの間には　長い生を終えて埃として眠ったばかりの風がある　虚空は薄れていく雲を頭に載せてのろのろと自分の欲望に逆らえずうねるけれども、夜の鳥たちはすることが残っているかのように　あの低い所から絶え間なく行ったり来たりしている　一年中固定されたこの部屋の窓ガラスに　誰かが立ち寄っていったのか　私もこの世とあの世の間で頑丈な窓ガラスとなり　私の中を通り過ぎていく魂を一つ抱きしめてみる　もうすぐ遠い宇宙から流星雨の知らせが届くだろう　雨の舞いのように私の中の軌道に公転する惑星の石のかけらを宇宙の外に放り投げたい　私の行動によって瞬間的に明滅する存在たちが四季を通して空中楼閣*で遊びながら過ごしたとしても構わないだろう　すべての体を善に見せる悪があるならば　いつか悪は善の言葉で話すだろう　透明な鏡の時間よ、私の体の中で

ガラスの破片のように砕ける未知の毛細血管を解読しておくれ　懐かしさのような
ものたちも点々と散りばめておくれ　宇宙の埃が舞い上がる隕石のような晩冬の夜
よ

＊空中楼閣：空中に楼閣を築くような、根拠のない架空の物
事。

理学療法士のMへ

肺胞の片隅から口笛の音が聞こえるんですって　あなたが私の過去を読めるわけがないでしょう　木の葉で服を作って着ても、もうとどまって休む場所はありません　あまりにも遠く離れすぎて家に帰ることはできません　一〇年間罪を犯した体と一〇年間懺悔する体と一〇年間懐かしむ体、ああ　残りの一〇年余りはためらう体、そんな体の中に流れる血の音を聞いてみてください　目を失えば見えるようになり、舌を失えば話せるようになり、足を失えば歩いて行けるそこはどこなのでしょうか　振り返れば億万の劫*の前生が広がる　関節がきしむ音はどんな前生も記憶できない二頭筋と三頭筋の腱が動く音を聞いてみてください　窓の外に誰かがうろついていますか　あらゆる私の思いはどんな輪廻の後生でここまで来たのでしょうか　どこまでが私の記憶でどこまでが私ではないものたちの追憶なのでしょうか　現生の心と後生の体はいつも虚空の前線のように水平でなければならないのでしょ

うか　止まりそうな心臓は毎朝再び目を覚まします　僻地で育った薄紅色の木が色づいています　じわじわと心臓の鼓動を噛み締めて　かすかな格子柄を合わせています　私の歌声も急に高音になっていきます

＊劫：仏教などインド哲学の用語。極めて長い宇宙論的な時間の単位を表す。

腹話術師へ

春の日差しを借りて秋の夕陽を更にまだらにできるでしょうか　彼は夕方と朝を行き来する人、彼がナルキッソス*の声で悲しんだとしても彼はナルキッソスではありません　彼がエレミヤ*の声で予言したとしても彼はエレミヤではありません　視力を落とせば聴力を育てることができるでしょうか　味覚を隠せば触覚を鍛え直すことができるでしょうか　風が吹けば心を閉じていても世の中の隠された感覚が蘇ってきます　ですから星の光に向かったすべての獣の声は　根源的に悲しみの枠に閉じ込められています　その境界から抜け出そうとあがく時が　見慣れた悲劇の発端になるのです　私たちは今日　声もなく歌わなければなりません　その音域の高低がどこまでなのか分からなくても　私たちは明日道なき巡礼に発たなければなりません　その悟りの時がいつになるのか　分からなくても

＊ナルキッソス：ギリシア神話に登場する美少年。水面に映った自身の姿に恋をし、そこから離れることができず、やせ細って死んだとされる。
＊エレミア：古代ユダヤの預言者。旧約聖書の『エレミヤ書』に登場する。

影の腹話術

街灯はダリ*の時計のように垂れさがった歳月を真似ようとする　風の腎臓から雲が抜け出して黒い雨を注ぐ　秋の梅雨には濡れない歩道のブロック、美容院の隣のうどん屋は昔の表札をつけ　主人を探して彷徨う　街の午後は頑なだ　遊び場は古くなって子どもたちは頷く　クヌギの広い陰で硬い綿アメの花が咲いたと　その日の夜　教会の屋上に建てられた小屋でサンタが死んだと

　野良猫が引っ越しを準備しながら　晩秋に木の根元に流し込まれたセメントを見る　空しい死は物語を記憶する　未来の夕食に向かって抜け出ていくような老婆たち、ベンチにはそこら中に碁石が打ち付けられ　クヌギのように丸い黄褐色の痕跡を宿している　近づくほどにさらに遠くへ逃げていく死、痴呆の瞳孔のように熟しきった果実の体臭はどこに広がって流れていった名を記憶するのか

自転車にまたがった新婚さんたちは休みなく囁く　組紐の花飾りと木の葉の間に
刻んだ恋文、その幾節かで撤去を知らせる高地の星の光は　巧みな蜜の言葉なのか
路線バスのように　たまに土砂降りでずぶ濡れになったトタン屋根を流れていく
風が生み出した丘の備忘録、街が消えれば切り株には影の形跡がススキのように揺
れるだろうに　虚空で心臓が止まっても　鳥は森の停留所に辿り着けるのだろうか

＊ダリ：サルバドール・ダリ（Salvador Dalí, 一九〇四年～一九八九年）。スペイン出身の画家。シュールレアリズムの代表的な作家として知られている。

琵琶湖でのティータイム

老いた詩人は目で挨拶をした後　椅子を引き寄せて座った
首の傾いた常夜灯の下
白髪交じりの髪から木香のにおいがする

時には明るい光が読書を妨げた
周波数の違うラジオをつけて
半音の消えた楽譜を繰り返し語っている時だった

湖が詩人を呼んだわけではなく
夜明けの詩が眠っている湖を起こしたのだろう
水の眠りから目覚めつつ　琵琶の音が響くのだろう

竹生島*の方へと道行く人々の肩が傾く
琵の音も琶の音も聞こえないので
竹生島の神社の木々は押したり引いたりしながら霧を集める

海のような湖　波が波動のように泣きごとを言う
水の島も詩も一貫した時間が来るのだろうか
震える弦のようにまだらな水の勢いの上
その間を遠い船は弾けるように進んでいく

＊竹生島：琵琶湖の北部に浮かぶ島。湖では沖島に次いで大きな島。島全体が花崗岩の一枚岩からなり、切り立った岩壁で囲まれている。

窓ガラスの清掃員

雷に驚いただけではなかった
配水池公園の方から飛び立ったヤツガシラ*が一対
桑畑を思い出しながら手すりをうろつくのか
どれだけ拭いても片側の世界だけ明るくなる
時には窓の端に滑る
軍手のその危険極まりない力
ズボンの股下が風に軽く折られる時
日差しも暖かく鼻歌を歌った
縛られていなくても行き場の無い人々は
縛られたまま平原を回覧する彼を見ることができ
水平の仕事場でばたつく人々は

垂直を往来する彼と出くわしたりした
眼鏡を拭く人々の視野はずっと曇っていたが
時計を外した彼の青空は限りなかった
いま地上の窓が徐々に閉まる
そのまなざしと私のまなざしは平行線
互いは互いと向き合うことができないので
手を差し出したい心は一瞬一瞬
彼は黙々と地上に向かって逆さまに落ちる
ぶらりと垂れ下がる紐を残したまま　いや
彼が上へとまっすぐに勢いよく昇る
降りる場所の無い綱は尻尾のように揺れている

＊ヤツガシラ：鳥綱サイチョウ目ヤツガシラ科の鳥。頭に橙黄褐色の冠羽があり、広げると扇状になる。

鯨の自殺

私たちが海深くとどまって　心の片隅に真珠を育てる時にも
見知らぬ陸に身を投げて　上陸する鯨の群れがいた

一時は直径で二万キロメートル離れた場所からでも愛の声を聞いて
わんわん泣きながら飛んで行こうと思った鯨よ、死ぬ気なのか

航進する道連れたちが岩礁にかかって　全身をばたつかせる時
瞬く視線で砂の波を起こそうと思った鯨よ

太陽の炎で舌が燃え　耳が遠くなり　潮風に頭蓋骨が弾ける
この地上は真冬に通り過ぎた太平洋のサンゴ礁ほど　見慣れないものなのだろう

あなたの脳髄の発散する超音波の絡みついた泥の世界だ
酒に酔ってよろめくようだが　あなたの方向感覚は心に打ち勝った
真っ赤な血の塊がたまって乾いた海岸線のその上に
捕鯨船を浮かべねばならぬこの青い丘をさかのぼって、帰るのか鯨よ

砂漠の出入り口

ここまでが運命なのか　開ければ寂しく閉じれば空しい　外来種のキリギリスのように鳴き立てる砂の海の上に　退屈したのか　海岸線がべったりと跪き、多彩な緑をなめる砂煙はすぐ青黒くなっていく　生まれたての二こぶラクダの弱い鳴き声が蜃気楼を迎えるのか　月明かりの下に埋まった古都の陶器のかけら、忙中の閑の金ワシは時間に干乾びて砕け、熱砂の灰となる　音が行為となり、行為が濃い香りをかき混ぜながら身をすくめる刹那の流れ、ひと所に置いてはまた海に出る私の船をどこに縛っておいたのか　黒い嵐の陰になった背中を喜んで迎えなければならないのか　見方によっては袋小路だ　中陰身*で待つポーズに慣れることにしよう　幸不幸の自転軸の迎える座標はさらに明確になるはずだ　ただどこまでが運命なのか今やカメル・ヘイ*の汁を出して、ある事情の備忘録を書き写すべきなのか　限りなく消え、またたく間に広がる砂山がまた思い出される　出入り口が一つになってと

ぐろを巻いた不惑の地図、その影に水平曲線を懸ける

＊中陰身：人が死んでから次に生まれ変わる間の存在。仏教用語。
＊カメル・ヘイ（Came Hay）：南アジア及び北アフリカに分布。葉から濃い香りが漂う。

遊郭の出口

巨大な風船のような空が群がって漂うところ、彼らの沿革は見当がつかなくても今夜、あるゴミ箱には有性生殖を半ば夢見た絶頂が捨てられるだろう　ミイラの腹の中で眠りに落ちた胎児のように　地上に踏み出せない一日がまたここにあるのか夕暮れに熟睡から目覚め、歩道の黒い血痕を拭く者は誰だ　うんざりした秋の日照りの中で、プラタナスは自分の皮を切々に垂らし　雀たちは電線のない電信柱の上で、波のように突き上がるひもじさを隠す　台風の目のように静かな日は暮れ　夕焼けはＬＥＤの五色の明かりの中にかすかに染み込むが　対面も捨てる遺産もない虚空の子たちよ　私はあまりにも深く君たちを愛してきた　最後の幻滅の末端さえ引き抜けば一生が全部付いて来そうだ　ああ、私はあまりにも長くここに留まっていたようだ　待っておくれ　根を最後まで引っ張ってこの生を一度は覗いて見たい

夜明けのロードキル

過ぎてきた道がぼやけていくように
暮れていくすべての道も遥かだ
水筒の液体を飲めば記憶の隙間ごとに水が染み込み
消毒液を撒いた
ドレッシングテープ*を貼り付けた
玉砕するかのように染み込んだそよ風が　すうすう引っ掻き傷を慰めて
情熱的な瞳には　おしゃべりな星たちが満ちている

すべての人々が一緒に踊る時は
来ることがないだろう
出生など関係ないという道

彼らはどこででも始められ
さらにどこででも子供が産める
心のどこかの糸口を探してみるといい
そこには一日一日が粘り強く固まっているだろう

基地局は訃音で封鎖された
すべてのコールセンターは通話中
死の光が生の光を追っていく
夜明けのアスファルトに
埋
め
る

今朝はまたどんな名札が乱れ散るのだろうか
振り返らず　また怖がらず

こんなものが埋められ、あんなものが去っていくのだろうか
誰も出ていかない時間、今朝
装った陽の光は控えめに足を踏み出す

＊ドレッシングテープ：傷を覆う医療行為で使用される創傷被覆・保護材。

ワディ*

青い水路に沿ってわずかに流れるピンク色の水の流れ
朔望*の月光の下、涙を隠していた死産の記憶
すべての栄養素を失ってしまった白い煙の深夜
洞窟と虚空、そのどこかへ逃れることのできない躊躇の波
疼痛も幻想も無く骨髄に染みていくプロポフォール*
静脈に向けて疾走する注射針の荒い跡

玉砕するかのように切り出された血の塊たちの灰色のわめき
前生の愛憎と後生の夢、そのぼんやりとした間
その間を疾走する老いた部外者の白い髪
運命とも換えることのできない神の許した余分な時間

＊ワディ（wadi）：アラビア半島やアフリカ北部の、降雨時にだけ水が流れる川。
＊朔望：陰暦の一日と一五日。
＊プロポフォール：全身麻酔や鎮静剤に用いられる化合物。中枢神経抑制作用を利用し全身麻酔の導入、維持に用いられる。

エレベーター

冷えた空の壁に指印を押しながら
近づいてくる幸せと不幸を約束できるのか
星の光を含んだ風の肩に心をかけた私たちは
大きな葉の巣の中に子どもを産んだまま
雲の影のように薄れていってしまうのか
現れることも消えることもない　背をもたれて
ああ、エリ・エリ・レマ・サバクタニ*！
地上はぼんやりとして虚空は整然としている

＊エリ・エリ・レマ・サバクタニ：ヘブライ語で「神よ、何ゆえに我を見捨てたもうや」という意味で、イエス・キリストが処刑される際に言った言葉。

礼装

黒い背広、黄色のネクタイ
これはとても昔の私の礼装
「モーニングコート」を着て三冬の山深く死にに行った
芝溶*の「礼装」の中の男がいた
彼に倣ったのかどうか分からないが、私は
礼の結びを白金の時計で締めくくった
恍惚の拍手を期待しながら舞台に向かう時
血の熱さを黄色い絹で巻いて縛り
心の冷たさを黒い毛で覆うと
昨日引かれた朝の上着の赤いチョークの跡は
黒い大地の結婚のように境界を消していく
よそよそしく父の遺影に習慣のように向かい合うと

何か言い残したように霜の中のかすかな朝は
窓の外にぎっしりいっぱいの雲を引き連れてくる
昨日の夜、連続ドラマの主人公の運命をしきりに話した母は
眠い目をこすりながら新しいワイシャツにアイロンをかける
私はこんなにきっちりした服装をしたまま
母は私の運命を布石のように並べた
唐突にやって来そうな雪国の黒い空に
オーロラを浮かべたような明るいネクタイを掛けたい
私はどんな世界を学びに出ていくべきか
礼装に頼って鎮めてみようか　肉体の炎を
礼装に頼って解いてみようか　心の毒を

＊鄭芝溶：一九三〇年代を代表する朝鮮の詩人。異国情緒、伝統的郷土情緒、そしてカトリックに依拠する宗教性の三つの傾向を持ち、同世代と後輩たちに大きな影響を与えた。

族譜遺憾

日の暮れる頃、宗家の長孫は、私に群れをなしたカラスの鳴き声よりさらに長い族譜の影を降ろして悠々と去って行った　その木の皮の中に私は「金」某と刻まれているのだが、ある者はこれを見てキム（金）某と呼ぶだろうし、ある者はクム（金）某と皮肉りもするだろう　またこういう場合に「金寧の金姓」*という出身地でさえ、クムニョン（金寧）なのかキムニョン（金寧）なのか突然私さえ見分けがつかなくなった　はるか遠くの私の後生において　その人が自分の姓がキムなのかクムなのか分からなくなるほどになったら　族譜の名の下に私の宗家の音読みの名札を付けておくれ　あの活火山の歴史よりあの火山灰雲の歴史よりさらに長い族譜をなすためには　宗家の永続する栄光が必要なのだが　じりじりとした暑夏に族譜に載っていた父が忽然とあの空へと昇っていったのに　私にはまだ種をまくべき畑がない　いや、無いから気楽なこの表現しようのない軽さをめぐって、私は私の遠い親戚と族譜の

前で一点の恥であるのではないか　宗家の長孫よ、その右腕が虚空へと舞い上がる
道袍*の裾よ、鶏林*よ、金冠の付属品よ　ここに散りばめられた族譜を乱読する前に
私はまた何にすがって自分を信じるべきなのか

＊金寧：慶尚南道金海市の旧名。
＊道袍：過去に男子が上着の上に羽織って着用していた袖が広く足首に着くほど長い礼服。
＊鶏林：新羅の別称。新羅王朝のあった慶州には王や王族の大規模な古墳群である大陵苑があり、その中の天馬塚で金冠が発掘された。

江華島を通り過ぎつつ

水平線の夕陽に手のつけようのない風が吹けば
長靴の跡で埋め尽くされた砂浜の上
生き生きとした葦の茂み
積み重なっていく時間を養分にして
淡白な色の夢を抱いていた花の穂

太白山*の弱々しい水の流れが
山のふもとの岩を砕いて峡谷をなしたのは
冷え冷えとした沈黙のせいだったのか
満開の塩の花のせいだったのか

カモメの群れの散らばった
水陸の境を越えながら
じんと染みてくる遠い地の記憶もいつかは
下流の水の勢いに乗って
海峡の胎盤の上に広がるだろう

河口は体を失い
体はがらんとした心だ
ただの島の村の桃の花を追って
いつ頃足跡が付くのだろうか
地中の筋はいっぱいに伸びて海を目指すのだろうか

＊太白山：江原道に位置する高さ一五六七メートルの山。韓国の二二番目の国立公園。

遅い花

人知れず少しは遅いものがある
遅く来たものは静かでうらさびしい
ツツジもほとんど散った時に紫色の燈を灯した
紫木蓮の守る露の降りた花壇に座り
私の生にあまりに早く消えた縁と
時にあまりに遅く訪ねて来た縁を思う
花の便りに外に向かった目を閉じる
愛して別れる順序を定めるように
誰が花たちの好い時期を定めたのだろうか
ほの暖かい日差し無しに咲いて散る花があるように
幸不幸をふらりと渡ることもできない人だ

静かに胸をたたいた戸を開けてやれば
鋭く頭を押し入れた
遅い客に対するように私はじっと座って
花びらが水を吸い上げる音に濡れる
ゆっくり酔おうと努める人々を考え
忙しく過ぎ去る足跡に花の便りを送る
遅い便りはまたうわさになるだろうが
陰で火を灯す灯籠は寂しくも明るい
先に散った花びらたちの跡が歴々としている時
遅い開花に頼ったあの後生が気にかかる

三部　晦日の遊郭

黒い鏡のあるテラス

ある人は眠るために睡眠薬を飲み、ある人は死ぬために睡眠薬を飲む
彼はただ忘れ去るために睡眠薬の処方を受けたのだが　服用を重ねるほど、記憶は居座るのだった
招かれたフロイト専門家は彼の睡眠状態をのぞくために監視カメラを設置したが、液晶画面に映ったのは黒い鏡に吹いた風の縞模様だけだったので、彼を透明人間と呼んでも過言ではないだろう
彼が読書狂だったという噂だけを頼りに模様の入った居間の戸棚までくまなく探したが、日記帳の他には一冊の本も見つからなかった
黒い鏡をのぞき込むと別人を見るようだと繰り返した声の背後は　冬の迂回路に漂う霧のように陰鬱であった
毎日新しい顔に憧れたのだろうか　黒い鏡への愛情は執着に近かった

別の顔を目指した数えきれない整形手術の果てに　指名手配から逃れる容疑者のように　誰にも知られず向かった空港で彼を見たという人もいた

ある日、アラスカのツンドラを背景にして撮ったテラスの写真が一枚送られてきた　黒い鏡に映った平原に青い苔が芽生えはじめていた

空中サーカス

いくら白夜であろうともこれほど燦爛ではないだろう
跳ね返る明かり、散らばる水蒸気の中に彼が歩いて入ると
命より丈夫なブランコにぶらさがって歌は反り返り始めた

虚空に向かって飛び降り、黒く漂う千の顔
その向こうに一万の手、無数の指紋が絡み合う
これは容疑者の口笛の音、掴めばこの胸がその胸なのかあの足首がその足首なのか
分からぬ、クモの巣のような肌の感触

深呼吸をすると水の上を歩いて行った足跡の音が聞こえる
重力とこの体を結んでは放つには打ってつけだ、霧の深い今日の夜だ

「私は私の監督であり、観客であり、私を殺す剣士だから、私のものがすべて消えた後に、私たちは私たちの履歴書を永遠に忘れるだろう」

安全網もなしに跳ね上がる想像、墜落の恐怖を知らぬふりする悲壮な羽ばたき
胸がいっぱいであるかのように、全身に金箔紙をつけて下賜されるスローガン
風よ、星の光が消える　今、周波数に同調しよう

「私たちが世界を変えることはできません」

「アーケードが崩れるのは私のせいではないです」

「数多くのあなた達が消え去った後に、影の腹話術まで消して下さい」

飛べ、永遠に死なない体を作るため
前世の事由は分からないように体を二回捻じれ

影の部屋

窓の外には老いた心臓のように固まっていく古墳がある
私の下着はぶくぶく膨れ上がって洗濯機を止めた
しわの寄った掛布団には浜辺の砂が付いてざらざらする
空が曇れば五差路の恋文は電柱と共に濡れるだろう
影は影を抱き締めたがる
ノックの音でドアを開けると　胴体の無い手首があった
導くのか私を　ドアの外、墓の中から聞こえる口笛の音よ
遥かだ、飛行機雲の向こうへと流れて行った時間よ
蝶番が今、自らの軋む音を出したようだ　既視感に満ちた夏よ

晦日の遊郭

つむじ風の通り過ぎた日暮れの陳列台から光が消え失せた　月が黄道にたどり着いた時間だった　彼がこの世とあの世の重なる場所に到着する時間だった　赤ん坊の泣き声が聞こえるところへ行ってみると、黄色いビニール袋を着込んだ猫の死骸があった　隠れた星を歌っていた声が一番低い音域で止まってしまったようであった　彼は私のためにこの世に来たというだろうか　私は彼のためにこの世を去るのだろうか　彼が口ずさむ声が良く聞こえるのは晦日の霧のせいか、遊郭の沈黙のせいか、黄色いビニール袋が虚空を横切る　降りてくる霧は歩道のブロックの細かいひびまでは届かなかった　地上に転がる黄色いビニール袋が赤ん坊のように泣いていた　季節をまたぐ月が死んだ猫の首に引っかかっていた

難読な午後

何も飲み込めないまま口を開いているシンクホール、*どんな車も入らない都心の
駐車場、駐車場の端に続く二股の迂回路、母音を失った金属活字に揺れる工事場の
リアカー、手の甲が冷えてもその誰かの手の甲を包むことのできない人々、彼らが
被った夕刊

安全地帯への亡命を夢見る時間、風の向きに逆らう青白い煙、雲の影に背を向け
たカメラフラッシュの灯り、捨てられた思いが押し寄せて再び流されていく十字路
を越えて、五差路そして十字路、赤信号が連続しているとても暗い坂

周波数の合わないラジオの音が漏れる薬局の窓の隙間、地下道の入口に伏して拝
むように横たわる老婆の古びたスカーフ、一日分の命ですら退屈したように電灯に

投身する小さな虫たち、首を上下させて吐いた物をつつく空腹な鳩たち、空き店舗の窓ガラスに押された警備員たちの手相

＊シンクホール（Sink Hole）：地下水が抜けて空間ができ、地盤が重さに耐えられずに円筒に近い形で崩れてできた穴。

見慣れた唇

心の地図を記憶するのは、その心の毛細血管の持つ血の痕跡のせいだろう
生きている間、いくつもの言語を生み出しながらも自らは一握りの意味にすらなろうとしない指紋
震える微笑みは震える微笑みを記憶し、真っ青におびえた空は真っ青におびえた空を追憶し
犬歯で食いちぎった爪が口の中からこぼれ出てくる時、キスで傷を作ることはできなかったのだけれども

ベルの音が二回鳴ってノックの音が三回聞こえた後にドアを開けてやったのだが、
その途端、低音の歌は白い煙に変わってしまった

漏水

水の漏れるワンルームオフィステル*に住めば、心からも時折水の流れる音が聞こえる　水の漏れる明け方に、どこかの家からシルクの壁紙の砂金が流れ落ちるとどこかの家のアメリカ松のモールディングの息遣いの中で松脂が腐ったり、どこかの家の赤ん坊の泣き声がパンソリ*の囃子言葉のように飛び出してくる　知らないところで始まって下の階へと這い下りるぬめりの中に　一人きりで老いた男の精液が混ざり　アルバイトの青年たちの煮たラーメンが揺れて　追われて清濁混ざった最後の詩句はむずがゆい　捨てるもののない住み込みで働く者たちの宴よ　日が昇れば一階のメディカルセンターは底の見えないプールと化すだろう　超音波診断装置と心電図検査装置も水に浸かるだろうから　気の早い内科の女医は近くの温泉で行楽に耽るだろう

＊オフィステル：韓国の職場および住居形態の一つで、建物またはフロアを仕切った各部屋は事務所として利用できる。台所、トイレ、シャワーなどが備え付けられているため住居としても使用できる。

＊パンソリ：韓国における伝統的な民俗芸能の一つで、語り物に節を付けて歌う。

ブンブンブン子守歌

ブンブンブン　ミニカーに乗って
坊やたちが落ちてきます
空から降りてきた坊や
リサイクル回収ボックスで昼寝をします
眠りから目を覚ますと猫の鳴き声
泣いて、泣いてまた眠ります
腹を空かしているのか、腹を空かしているのか　泣いては眠ります

ブンブンブン　赤ちゃんポストに乗って
坊やたちが落ちてきます
木から降りてきた坊や
生ごみ用ゴミ箱から歌が聞こえます

歌って声が枯れれば猿真似をする
歌ではない声を出してまた眠ります
寒いのか怖いのか歌っては眠ります

ブンブンブン　トイレの箒に乗って
坊やたちが落ちてきます
屋根から降りてきた坊や
洋式便器の中でうたた寝をします
この世は「ばあっ」の声に手を振ります
あの世は「パチパチ」という声に足を振ります
無垢な笑みを浮かべながらうたた寝をします

水のスイッチを押しても流れていきません
坊やたちが便器の中で眠ります
千年の墓のように眠ります

砂漠の遊郭

私のか君のか分からない影が扉の無い家の塀を這い上がっていた
日の沈む時間と月の出る時間、その間の虚ろな空間を駆け抜けるために呪術師は肩
に首枷をかけた
月明かりが明るければ憂鬱に思うもので、暗ければ不安になるものだ
風に乗って数々の銃声、刃の音、わめき声などが遠く吹き払われていった
消え去った体は砂を噛みながら、爆弾の中に帰還するだろうし、鳥類を寝かせる寺
院の鐘打ちの音は三三回に達せぬまま、絶滅するだろう

日の沈むころ雷が鳴れば陶器のかけらが飛んでくるから、母を失った子どもは旗を
持って草原に飛び出せ

夜明けのシンクホール

ぼこんと凹んだ影の中へと弱弱しい幾つもの声が呟く
霜の降りた窓ガラスに入ったひびが広がっていく音のようであり
チェロの駒がひとりでに震える音のようであり
遠い道のりへと旅立った父の土が付いた登山用の杖の音のようであり
露店の折り畳み式陳列台の明かりを降ろす音のようだ
何のためらいも無くさらに遠い所へと旅立っていった、酒に酔った恋人たち
彼らが再びこの路地へと戻ってくることは無いだろうが
どんな音域であっても過ぎた時の甘い言葉を吐き出したいものだ
夜鳥たちが通り過ぎていった空の道の作った黒い星の湖は
胎盤へと戻っていく数々の道がこのよどみにあるという意味のようだ
幻肢を患ったアスファルトが伸びをする夜明けの副都心

家を訪れる人々の足音が軍装を担いでいるようだ
それぞれの時期の流行歌が混ざった黎明がかすかだ
小さく長い獣の喉の穴の中に入っていった木の舌を
しきりに舐める砂の風は初めての女を相手にするようにバスを待つ
穴から育ったいくつもの空気の玉がその痛む心臓を撫でまわす
あの穴の中は私ではない者たちの眼光でいっぱいだ
あの穴の中は恥ずかしい数々の記憶で膨れ上がっている
あの穴の中では生きて見ることのできない言語の遺跡がある

夜明けの迂回路

ぼこんと窪んだ暗闇は　留鳥たちの空間だ
出入りする人もないのに　中がどんどん深くなる洞窟
電話ボックスに居座った人が携帯のボタンを押す
老いた犬がわんわん吠えながら嵌まるシンクホール
露店で茶を沸かす時間　心臓もぐったり伸びる
彼はちらっと夢を見る、カメラを抱えて迂回路に入れば長いメタセコイア
街路樹の道をゆっくりと歩いてくるあなたとの再会
名も流して歌も飲み込むあなたの息遣い
全身を覆った白い蕁麻疹
役立たずの電話ボックスは　まもなく引き抜かれてなくなるだろう
陽が昇ればシンクホールも　跡形もなく埋められるだろう

シャンデリアのある古本屋

少し前だったのかずい分昔だったのか　あるいは前世で読んだものだったのか
見慣れた一冊の本に引かれる衝動をくい止めることができない　目をこすれば遠く
を見渡すことができ、服を脱げば世界の温まった記憶のバベルの塔に　言葉を失っ
た鳥の群れが斜線を引きながら飛んで行く　鳴いても声の出ない鳥たちの喊声だ

私が生まれる前に死んだ者の言葉は力なく見え、私より後に生まれて私より先に
死んだ者の言葉は生意気だ　私の痛んだ目は全力で　死んだ者の語録と生きている
者の書いた文章の類似性を探る　返品不可の本の向こうでは交換された本が山積み
になっている　店の主人は足を引きずりながら　ロッキングチェアのようにぶらぶ
らとしている

昔、ここは酒屋だった　酒瓶に魂を入れて本を作る錬金術師の妻は飲んだくれだった　言葉が話せないオウムの羽は老いた詩人のペン先となった　固まってしまった字母たちが積み重なっては本を作り　解析することのできない文字たちが集まっては図書館をつくる　辺境の都市に黄昏が宿れば　三三五五、仲間たちが古びた本を配達する

目が見えなくなり　記憶もすっかり失われていく午後六時、昼と夜の境界に立った通りが琥珀色に光る　片目でじろりと見た柱時計には　数多くの形容詞が満ちている　秒針がやたらに遅い　埃なのか希望なのか分からない活字が甘いアイスクリームのように　窓ガラスの外に溶けて流れる　店の主人と客たちがさらけ出そうとしてはやめた活字の廃墟の上に　虹がしばらく横になる

セルフスタンドにて

これ以上前に進めない時は　見えないものたちを思いつつ目を瞑る　強い湿気を含んだ空気は　不慮の事故のように陰鬱で大きな煙突の吐き出す煙の先で　青い十字架が夕刊のようにぼんやりしている　夜が深まるほど非常灯の点滅は速くなり長い列の横に飢えた鳩たちがうろつく　心臓の深い所に笑みを掲げることができるなら　この通りから逃げるように飛び出したくはならないだろう　湖の向こう側大学病院の患者たちが生死の境の前で　列を作って立つ　今日私は細くかすかな紐にしがみついて　あの湖を渡ったりはしないだろう　不安が不安同士で列を作らない夜が来るまで　記憶の果てで徘徊しながら自らを待つだろう

アジサイの朝

　どこの空の下で暮らしているのか皆目分からない彼が　地上の薄汚い場所を探し出し、しばらくとどまっていたのだろうか　出会う場所全てに家を作り　息遣いが掠められるたびに歌を編む風のピクニック、点々と木陰を連れてきたノックの音を聞き逃したまま、いかなる考えが古い蜘蛛の巣のようにもつれて夏至の長い夜を明かしたのだろうか　酔いの覚め切らない体で花壇に出向けば　風が吹いても花びらを散らさない純銀の息遣いが揺らめく　足がしびれてもまっすぐに立って待っていてくれる人よ　考えの曲がり角に灯りを掛けておいたように　山積みに明るくなっていく失われた時間よ　忘れていた人のための朝食に山盛りのご飯を一杯出すことができるなら　心がいばらの茂みの上にゴム風船のように吊るされるのもいいだろう

痛がる子ども

ギンナラシ*が残した緑の縁へ　夕暮れが押し寄せてきた　誰も喜ばない星の輝きは
歯ブラシの毛の間によそよそしく染みこんでいく

無人島の森の中に　光を放ちながら彗星の過ぎていった時間は　どれほど寂しかっ
ただろうか、あまり痛いところもない霧たちが　母の胸に流れ込んでいく暗闇

トロット*の拍子が静かになり　遥かな胎教の音律の蘇る頃、育ちすぎた岩山の背は
誰にも気づかれずに　一尺ほど低くはなれるのか

習字紙に引いた鉛筆の細い線のように　小さくなった消しゴムで消すように季節の
節目がゆっくりと消えていく時、新しい一日がためらう　エチルアルコールの香り

が心地よい
ケイトウのへその緒を切る音が洗面器の中に溜まっているのか　崖と崖を横切るつり橋を　誰が片足飛びで渡って行くのか

＊ギンナラシ（水原 Silver Poplar）：韓国の木の名前。銀白楊ともいい、韓国固有の品種とヨーロッパ産を交配した雑種。
＊トロット：韓国における大衆歌謡のジャンルのひとつ。日本における演歌と似た性格を持つ。

古びた曇りガラス

昨日幼虫の仮面を外したセミは　近づいてくる死を恐れることもないまま、木の枝の先を眺めながら　とめどなく鳴き叫んでいる

夕陽の消え入る前に赤黒い運動場に急いで湿気を植えようと、遊び場の子どもたちの息は虚空の迷える鳥のように羽をたたむ

ニュースがリビングいっぱいに黒い煙幕を撒き散らすように、ガラスのすぐ前に顔を近づけるように　外の事物の形は自らどんどん曇っていく

季節外れの花びらが粉となって飛ばされるドライフラワーの香りを覚えている人の胸は、すべての光と色を失って久しい

昼も夜もこの部屋の明るさが変わらないのは、老いた魂が長い間歌っていた子守歌
の旋律が　窓際に宿っているせいなのだろうか

午後の子守歌

白い手の甲を見せながら歌う人　その人は誰なのか　朝、子守歌を聞きながらつい赤ん坊は新しい眠りにつき　赤ん坊が起きる頃に　再び他の子守歌が金色に囁く赤ん坊の隣に横になって眠ろうとすれば　世界の子守歌をすべて聞くことができる短調と長調を行ったり来たりして　半音と全音を越えたり戻ったりする音程よ　眠りから覚めたくない朝も　私は赤ん坊の前生での名を呼びながら　消えていった心の赤ん坊たちを思う　一度歌った歌は再び歌うことができないのだろうか　朝から午後まで　子守歌の音符が消えていく虚空に耳を澄ませた　赤ん坊の時間も　時間の中の赤ん坊もすべてが消えて　地上の屋根にいつの間にか影が差す昼下がり、まだ暗くはないこの時間に　子守歌も歌わずに赤ん坊を呼ぶ人　その人は誰なのか

遊郭のためのセレナーデ

足を引きずりながら魚をくわえて　ワルツの旋律のように走っていく猫、砂粒を弾いて砂埃を沈めながら斜線を描きつつ降り注ぐ夕方の雨足、ライターの付かない時に近づいてみる自動販売機の光、赤いヒレが消しゴムのように潰されて生きたまま歩道のブロックに捨てられた金魚の子、容疑者の唾液を隠したまま　下水の中へと転がって行った煙草の吸い殻、水素の入った風船のように飛び回っては　電柱の上に引っかかってしまった黒いビニール袋、病んだ魂を慰めるように　無数にちらつく占い屋の壁に吊るされた白熱灯、空梅雨を耐えながらせっせと新芽を育てるサンセベリア*の捨てられた植木鉢の縁、暗闇の中でもばたつく留鳥の羽ばたきのように咲く　路地の片隅にある病院の緑の十字架

*サンセベリア：スズラン亜科チトセラン属の多年草。観葉植物として栽培されることが多い。

遊郭の死角地帯

老いた木々があり、老いた木々を眺める死んでいく木々があり、死んでいく木々を
眺める飢えるばかりの木々があった

古い自販機があり、古い自販機を眺める壊れた自販機があり、壊れた自販機を眺め
る明るく光る自販機があった

乾いた風があり、乾いた風を眺める熱気を含んだ風があり、熱気を含んだ風の耳を
引っ張る初めて吹く風があった

パンクした自転車があり、パンクした自転車を眺めるタイヤの外れた自転車があり、
タイヤの外れた自転車を眺めるサドルの丈夫な自転車があった

見えるものたちが見えないものたちを禁止し、見えないものたちが見えるものたち
を偽装する、この通りには呼ぶべき名が何一つなかった

遊郭の店

木造の窓に流れる風、昨日の夜紅い灯火の影の下にうろついていた人に間違いない
白黒写真のアルバムをいじった時　ふと落ちたイチョウの葉をみると、その色が地
面に散らばった小銭の色のようだった
別れた記憶があやふやだ、近づいて来る死の時さえ忘れそうだ
歩道ブロックが割れて沈み　その下にある泥のプールは粘液質の時間を含んだまま
広がっていく
濡れた垣根の、赤ん坊の心臓ほどの穴から誰かの歌う挽歌が流れ込んできた、彷徨

う霊魂は今更のように家を思い浮かべる

秋の長雨に実を付けられなかった赤いトウモロコシのように　夕方の日差しはあちこちでちらつく

再び起き上がれない夜明けが来る前に　虚空の顔たちがすべて消えてしまいそうだ
待ち続ける痛みさえも消えていきそうだ

遊郭がそこにある

家のない人々が洗濯物を手洗いしているが、人が出ていった空き家から洗濯機の音
が聞こえてくる
こいでいた自転車を新しくて広い道のそばに停めれば、ふくらはぎに絡みついた雑
草たちはヒルのように感覚が無い

道路名で呼ぶ住所*が曖昧な、月暈の影の差した場所、手の甲の白い人たちは鳩の餌
を投げて
盛りのついた野良猫のにおいに満ちたベージュの仮設建築物にはハロゲンストーブ
がぼんやりとついている

散らばった木化石、ある木は花を咲かせる時に心臓が止まったようで、ある木は年

輪の満ちるリズムを抑える
節目のない門柱に寄りかかったまま　両方の頬の赤さの違う女と交わした愛は忘れ
なさい

＊道路名で呼ぶ住所：韓国で二〇一四年から全面的に施行された道路名と建物番号に基づいた新しい住所体系。

午前〇時のバックステージ

ずい分前からなびかせていたのはオウムの羽だろう
他にどこに行けばよいか分からず
網タイツが赤い中身を隠すことはできないが
カウボーイハットもショートブーツになかなか似合っている
まあ、必ずしも舞台慣れしないといけない訳でもなく
股の間に性器を隠したトランスジェンダー

再び帰ることのできない母性の腹の中、その真っ暗な虚空に
歌を歌うように呪文を唱えもしただろう
瞳を潤ませる腹話術師の目玉のような水玉、水玉
足はペアを作ってラベンダーの香りの中に消えたりもしたのだろう
名前も消え　性別も消え　住民番号も消え
青い照明　空っぽの胸に土で作った墓がこんもりと盛り上がった時
顔にさらに濃いファンデーションを塗りたくるのだろう
手首により丈夫な皮の紐をぐるぐると巻くのだろう

午前〇時のブラックアイス

時間の影を握りしめた魂の根、大動脈のように爛漫だ
放蕩児の手の内のかすかな灯に叩き付ける雨足は愉快ながらも慌ただしい
紙の耳を浸す地上の噂、絡みつくすべてが霜でもつれる
生まれた瞬間、生の紐を放つ赤ん坊の泣き声は今もあどけない
迷うことなくアクセルを踏んで雲の橋を渡れば、この世とあの世に新たに広げた鳥瞰図
命について伸びていく等高線に体を乗せては流れ、暫く止まる

月の目だけをえぐりとって皮膚病にかかったように歪んだ夜の心臓である

占い屋の提灯

生は暖炉の横に捨てられた割れた薪のようなものなので、風よ　間もなく晴れる湿地の上に吹いて戸惑う魂たちを引き取っていけ

強い春の雨が降りつけても黄色い街灯の光が揺れることはない　葦のような魂たちは出ていった旅路から戻り　大地の春の雪を解かそうとする

世の口のあるものたちはすべて蘇れ　生きて死んでいく者たちのために曲がりくねった長い長い口寄せ*を吟ぜよ　知らせもなく春風よ、踊れ　陽炎よ、揺らめけ

埃が埃を導いて引き寄せ追い立てると　雲の下で目覚めた鳥たちが意味の分からぬつぶやきを吐き出す　反省は愛の終末なのか　愛は反省の運命なのか

＊口寄せ：霊を自分に降霊させて、霊の代わりにその意志などを語ることができるとされる術。または、それを行う人。

虚空の赤ん坊に

夢見る赤ん坊の喃語が揺籃の中でゆれる時　虚空はどうして名のない赤ん坊たちを起こすのか　黒い砂風が銀白楊*の枝を覆っていく時　虚空は名のない赤ん坊たちを起こすのか　その枯れた枝ごとに芽が出て葉が出る時　虚空は名のない赤ん坊たちを起こすのか　寺の残骸の間で戦闘機が飛び回り　操縦士のヘルメットが廃墟になった広場に投げつけられた時　虚空は名のない赤ん坊たちを起こすのか　その体の中の爆弾が花火のように散らばり　手の焼ける体たちが粉々に痣の光となって散らばる時　虚空は名のない赤ん坊たちを起こすのか　死んだ体と死にかけた体が絡み合い　千年の塔を積み上げる時　虚空は名のない赤ん坊たちを起こすのか　格子窓の下に閉じ込められた白い肌が油を口に含んで燃え上がる時　虚空は名のない赤ん坊たちを起こすのか　燃え立つ煙が太い血管となり　切られた首になり　虚空は名のない赤ん坊たちを起こすのか　子守歌をいっぱいに載せて酒に酔った船が暗礁

に乗り上げる時　虚空は名のない赤ん坊たちを起こすのか　その船に結んだ音符たちが夜の海に散らばる時　虚空は名のない赤ん坊たちを起こすのか　名のない赤ん坊たちが昔から眠っていた虚空の覆水は　うねうねと溢れ出して流れるのだが　虚空は毎朝白い光で再び蘇り　一体どうして名のない赤ん坊の永遠の夢を　このように激しく覚ますのか

＊銀白楊：ヤナギ科ヤマナラシ属の木で、葉の裏が白い毛に覆われている。

詩論

詩人とは技術者なのか、芸術者なのか

金鍾泰

以前、映画界で撮影監督として活躍している人と会って話をする機会があった。私が彼に「あなたは芸術家ですか」と訊ねたのだが、彼は「芸術家というよりは技術者に近い。だが芸術家的な部分ももちろんある」と答えた。私は「芸術大学を卒業して、映画製作の仕事をしているならば芸術家ではないのか」と再び訊ねたところ、彼は「演出は芸術家に近いが撮影は技術者の方に近い」と言った。はじめは訝しい思いがあったが、彼と別れた後にもう一度彼の話を反芻していたら、芸術と技術という言葉の持つ様々な意味のネットワークに関する考えが浮かんできた。

結局、技術であれ芸術であれ、究極に至れば互いに通じるのでないだろうか。偉大な芸術は優れた技術を保有しなくてはならず、優れた技術はある瞬間に偉大な芸術の境地へと到達するのではないだろうか！

医学の父と呼ばれるヒポクラテスが言ったという「人生は短く、芸術は長い」という言葉が伝えられているが、この言葉は翻訳と解釈の誤謬から始まったものである。もともとギリシャ語で発せられた言葉がラテン語及び英語へ、それから日本語や韓国語などに翻訳されつつ、ヒポクラテスの命題は人生と芸術全般についての格言として拡大解釈された。ヒポクラテスのこの言葉の持つ本来の意味は、人生の瞬間性に比べて医学技術は永遠性を持っているという内容だった。医学技術の永遠性という言葉には、やはり複数の解釈が可能である。一つは、人間の人生は宇宙の時間に比べて非常に短いものではあるが、人間の体を治癒する医術はその人間が死んでしまったとしても別の人間の体に対して持続的に適用することが可能である、という意味に解釈できる。二つ目は、人間として生存できる時間はとても短く、医学の技術を確実に自分の物にするための時間が必ずしも十分でないという意味にも解釈できる。特にこの言葉の後ろに続く「機会は矢のごとく過ぎて行き、経験は何か不安であり、決定することは難しい」という一節を見ると、後の方の解釈がより妥当なようにも思える。どちらの解釈をするにせよ、技術は人間よりも更に持続的なものにならざるを得ない。技術とはこのような持続性の中でふとした瞬間に芸術化するのではないのだろうか。「art」という単語の中に技術と芸術の意味が同居しているという事実を、今一度考えさせられる。

韓国現代詩の父と呼ばれる鄭芝溶詩人は、詩を「言語美術」と称したことがある。彼は、「詩人とは言語を語源学者のように数多く扱う人や能弁家のように話の上手な人ではなく、言語それぞれの細胞レベルの機能を追求する者は、再び言語美術の構成組織に生理的にLift-giver

（「活力を与えるもの」―引用者）になることはあっても言語死体の解剖執刀医である文法家として終わることはないのである。したがって言語は詩人と出会って初めて血液と呼吸と体温を得て生活する。」（鄭芝溶「詩と言語」『鄭芝溶全集二』散文、民音社、一九八八年、二五三頁）と言った。鄭芝溶が「言語芸術」という用語の代わりに「言語美術」という用語を使ったのは、詩の創作における技術的な修辞の重要性を認識していたためであった。

そうだとしたら詩の創作は技術に近いものなのか、それとも芸術に近いものなのか。詩を映画に例えるならば、詩人とは演出家に近いものなのか、あるいは撮影監督に近いものなのか。もっとも私は、この質問が愚問であること十分承知している。詩は一人の詩人が一人で創造するのに比べて、映画は演出・脚本・撮影・照明・音響・俳優など、非常に多くの人々が一緒になって作り上げていく総合芸術であるため、二つを比較するような質問は全くもって理屈に合わないのである。にもかかわらず私は、「詩人とは詩を創造する芸術家なのか」、「詩人とは詩の創作方法を練磨する技術者なのか」というテーマから簡単に抜け出せなかった。詩の創作という分野において、専門的な知識と技能を持っていると言えば技術者であると言えるだろうし、詩という芸術作品の創作に全力を尽くす人生を生きていると言えば芸術家に近いと言えるのではないだろうか！

再び、ヒポクラテスの命題と鄭芝溶の議論に戻り、技術と芸術の共通点と違いに関する考えを整理する必要があるだろう。ヒポクラテスは芸術家ではなく医師として医学技術の重要性を強調したが、後に様々な翻訳と解釈のバリエーションによって彼の言葉は芸術に対する名言として発展したのであった。意図したか否かにかかわらず、結局、彼の言葉は技術と芸術の接点についての認識の枠組みを作ったと言える。その反面、鄭芝溶は芸術家としての詩人として、詩の創作に関して言語を扱う技術の重要性を強調したと言える。モダニズム時代に入り、詩とは言語の技術的な研磨から出発し、芸術家的な直観や超越にまで到達してはじめて、いわゆる「真の芸術作品」の片鱗に触れることができるようになったのだろう。詩人は言語の技術者であると同時に言語の芸術家なのである。

年譜

一九七一年　大韓民国慶尚北道金泉市富谷洞生まれ（陰暦九月一〇日）
一九八四年　金泉市西部小学校卒業
一九八七年　金泉中学校卒業
一九九〇年　金泉高校卒業
一九九三年　第一九回〈高大文化賞〉詩部門当選
一九九四年　高麗大学校師範大学国語教育科卒業
一九九七年　高麗大学校大学院国語国文学科修士課程を卒業
一九九八年　月刊『現代詩学』新人発掘入選（詩人デビュー）
一九九九年　湖西大学校国語国文学専攻兼任教授
二〇〇〇年　韓国学術振興財団若手研究者公募入選
二〇〇〇年　編著『詩と小説を読む文学教室』（ハヌルヨンモッ）刊行
二〇〇一年　研究書『韓国現代詩と伝統性』（ハヌルヨンモッ）刊行
二〇〇二年　高麗大学校大学院国語国文学科博士号取得（文学博士：「鄭芝溶詩研究―空間意識を中心として」）
二〇〇二年　編著『鄭芝溶の理解』（太学社）刊行
二〇〇二年　研究書『鄭芝溶、詩の空間と死』（月印）刊行
二〇〇三年　研究書『大衆文化とニューメディア』（月印、共著）刊行
二〇〇三年　第一評論集『文学の迷路』（ハヌルヨンモッ）刊行
二〇〇四年　第一詩集『故郷を離れてきたものたちの夜道』（詩と詩学社）刊行
二〇〇四年　研究書『韓国現代詩と叙情性』（BOGOSA）刊行
二〇〇五年　韓国現代文芸批評学会常任理事（二〇〇五年一月～現在）
二〇〇五年　放送シナリオ創作集『この外出が幸せであるように』（ハヌルヨンモッ）刊行

二〇〇五年　韓国学術振興財団（現在、韓国研究財団）博士号取得後研修課程（Post-Doctor）修了
（二〇〇四年一一月～二〇〇五年一〇月）
二〇〇五年　研究書『文化コンテンツと人文学的想像力』（クルヌリム、共著）刊行
二〇〇九年　第二評論集『自然と童心の詩学』（BOGOSA）刊行
二〇〇九年　編著『三十編の映画シノプシス』（ハヌルヨンモッ）刊行
二〇一〇年　高等学校『文学』教科書上下巻共同執筆（二〇一〇年三月～二〇一二年二月）
二〇一〇年　湖西大学校文化コンテンツ専攻教授任用
二〇一一年　第四回〈青馬文学研究賞〉受賞
二〇一二年　高等学校『文学』教科書上下巻（天才文化、共著）刊行
二〇一二年　湖西大学校人文大学就職率向上委員長（二〇一二年三月～二〇一三年二月）
二〇一三年　韓国詩学会常任理事及び理事（二〇一三年五月十五日～現在）
二〇一三年　高麗大学校教友会常任理事（二〇一三年四月～二〇一六年三月）
二〇一三年　第二詩集『五角の部屋』（作家世界）刊行
二〇一四年　第三回〈詩と表現、作品賞〉受賞
二〇一五年　月刊詩専門誌《詩と表現》編集委員（二〇一五年一月～現在）
二〇一五年　第三評論集『運命の詩学』（プルンササン）刊行
二〇一五年　第五回〈文学意識、作品賞〉受賞
二〇一六年　湖西大学校文化コンテンツ専攻学科長
二〇一八年　湖西大学校対外協力室長
二〇一八年一一月一日～二〇一九年三月三一日　立命館大学衣笠総合研究機構 コリア研究センター 客員研究員
現在、湖西大学校教授

解説

浮ついた苦痛　金鍾泰の詩世界

趙《チョ・》強《ガン》石《ソク》

一

金鍾泰の詩集『腹話術師』の第一印象は、この詩集が一種の苦痛の年鑑だということである。言い換えれば、この詩集でまず目につくのは自らの苦痛と他人の苦痛についての来歴なのである。来歴のない苦痛がどこにあるだろうか。すべての苦痛は、記憶がその値を決める。しかし、私たちは苦痛の存在論を語ることはできない。どこから来るのか、どうして来るのか、何のために苦痛は存在するのかについて人間の立場から答えることはできないが、その無能さは刑罰であり褒賞でもある。合理主義の哲学者たちは、人間に割り当てられた苦痛が神の摂理と宇宙的秩序の条理の中では自然なことであり、その上でさらに大きな世界の秩序のために、合目的に存在するということを説明しようと尽力してきたのだが、それもやはり具体的な苦痛に対して無能であることを隠すための必死な努力の一環に過ぎない。苦痛は親切ではない。時を選ばず、理由がなく、説明はできないが間違いなく存在し、存在するが故に何時でも実力を行使する。

したがって人間の苦痛に対する能力は、存在論を現象学で補ったもの以上にはなり得ない。苦痛はその本質ではなく現象としてのみ把握され、その具体的な現象についてのみ言及が可能な対象なのである。よって苦痛を詩のテーマとして取り上げるならば、必ず二つの虚空を抱くことになる。一つは、苦痛の存在論と現象学の間に存在する虚空であり、もう一つは対象と言葉の間に存在する虚空である。この詩集の二部のタイトルにもなっている「五角の部屋」の次の一節はおそらくこのような事実関係についての明示だと思われる。

尖塔に聳え立つ立て看板にへたり込んで倒れる裸体　言語道断にも、感覚は消え
失せて苦痛はあるのだが感じない　二言三言、虚空の間に襤褸をまとった逆説は、
堅固な方程式に落ち着くだろうか　涙の奥に入った時間が涸れた河のように流れて
いけば砂丘の上の青い花びらに灰色の下着を被せてやりたい

ベッドの外に突き出た膝は、相変わらず古道を越えている

――「五角の部屋」から

「苦痛はあるのだが感じない」のは「言語道断」であり、したがってここから発生する「二言三言、虚空の間に襤褸をまとった逆説」は「頑固な方程式」なのだ。この詩を解きほどくには全文を引用すべきなのだろうが、詩の全体を見るのとは別に、引用した部分に集約されている思惟はそれ自体で興味深い。厳として存在する苦痛、その苦痛を言葉で解きほどくことができないという事態そのものが言語道断である。苦痛とは文字通り、その根源と存在理由について説明する術のない対象であるからだ。断末魔のように吐き捨てた短い二言三言の言葉は、苦痛の存在を証明する象徴となり、それが苦痛とその主体の関係を明瞭に整理してくれたりはしない。苦痛の方程式は永遠の課題である。それ故この詩の最後の一節に提示された艶やかなイメージはこの詩集の縮図であり、この詩集最高のイメージと言えるだろう。「ベッドの外に突き出た膝」これが具体的な経験から来たものかどうかは別の問題である。ただ苦痛と関連する人間の立場からは、このイメージ自体があまりにも鮮やかで、かつてない思惟を私たちの詩壇に残した。これほどまでに鮮やかに自分自身を隠す逆説が他にあるだろうか。存在論ではなく現象学的に苦痛について語らなければならないのであれば、一切の形而上学の代わりに「ベッドの外に突き出た膝」のイメージ一つで十分なのである。

二

苦痛に敏感な精神が自分のものと他人のものを区別するとしたら、それほどアイロニーなものはないだろう。金鐘泰の詩集『腹話術師』で苦痛についての思惟を込めた数々の詩とともに、目に飛び込んでくるものは他人の苦痛を汲み取る視線である。勿論自らの苦痛がそうであるように、他人の苦痛についても存在論というものは望めない。いや、むしろ他人の苦痛に対してこそ存在論と形而上学的弁舌が一種の責任放棄となり得る。この点は「憐れみ」についても同じことが言える。他人の苦痛については、形而上学的弁舌が他人の苦痛を因果関係の空白無しに既成事実で承認する論理的な仕組みであるならば、憐れむことは他人の苦痛という状況からの距離を確認しつつ連帯感と責任意識を消失させる心理的な仕組みとして作用し得る。スーザン・ソンタグ*が言ったように憐れむことはむしろ責任の放棄であるからだ。本詩集に収録されている詩が境界と見なしているのがまさにそういった方式の憐みであるということ、そして憐れみではない方法で他人の人生を垣間見るということの持つ意味が次の詩に端的に表れている。

どれだけ拭いても片側の世界だけ明るくなる
時には窓の端に滑る
軍手のその危険極まりない力

ズボンの股下が風に軽く折られる時
日差しも暖かく鼻歌を歌った
縛られていなくても行き場の無い人々は
縛られたまま平原を回覧する彼を見ることができ
水平の仕事場でばたつく人々は
垂直を往来する彼と出くわしたりした
眼鏡を拭く人々の視野はずっと曇っていたが
時計を外した彼の青空は限りなかった
いま地上の窓が徐々に閉まる
そのまなざしと私のまなざしは平行線
互いは互いと向き合うことができないので
手を差し出したい心は一瞬一瞬
彼は黙々と地上に向かって逆さまに落ちる
ぶらりと垂れ下がる紐を残したまま　いや
彼が上へとまっすぐに勢いよく昇る
降りる場所の無い綱は尻尾のように揺れている

――「窓ガラスの清掃員」一部

勿論、この詩は他人の苦痛を直視している訳ではない。しかしこの詩は、私たちが他人の人生に向き合う態度から考えるべき重要な問題を端的に提示している。憐れむことは最終的には情緒的な階級の根源となる。憐れむ心を持つ者は憐みの対象に対して情緒的な優位を確保しなければならない。だがその反面、礼賛は対象より低い場所を敢えて占めようとする志向性によってこそ確保される態度である。しかし憐れむことや礼賛が一方的に表れる詩ほどつまらないものはない。憐れむことは対象と度を越して情緒的に結び付いた者が自らの位置を高めることで可能になり、礼賛は対象との距離を最大限確保した者が情緒的に自らの立ち位置を低くすることによって可能になる。この中の一つの様相が一方的に表れた詩には、やや誇張や過言が介入しがちである。しかし引用した詩には対象を中心に、憐れむことと礼賛が背中合わせで存在することにより、対象そのものとは情緒的に直接結びつかず、対象そのものに対して読者が新しく思惟するよう働きかける技術と芸術性が込められている。

「どれだけ拭いても片側の世界だけ明るくなる／時には窓の端に滑る／軍手のその危険極まりない力」のように何気なく述べられた句節と「時計を外した彼の青空は限りなかった」のように、状況を内的に逆転させる言葉が並べられており、この詩は過言や誇張もなしに、他人の人生をそのまま逆境と希望が入り混じった平然とした何かへと置き換えることに成功している。この詩の秘技は危険極まりない困難を上昇のきっかけへとひっくり返す言語の運用でもあるが、ただ単純に秘薬として下降を逆転させるのではなく、水平と垂直を交差させ人生の様々な座標を決める視線によって真価を表していると言えるだろう。憐れみや称賛なく、過言や誇張もな

く、登場する様々な人生を読者の視座に変換できるということが詩的言語の力であり、そして
それを通して他人の人生の痕跡を描いてみることで読者は詩的言語の力に便乗し楽しむことが
できる。

三

おそらくこの詩集の中で最も頻繁に言及されるであろう詩の一つが「風」である。

春の風に乗ってこの谷、あの谷
彷徨う晩春のタンポポの綿毛のように
未婚の秋にも春は宿り
黄金の網の日没に背を向けたとしても
熱気を含んだ黄砂で昼はひりひりとするが
世の中の愛憎の背と腰を越えていくこの風は
爛漫な超越の種を含んでいるのだが

いっそ内外の風であったり霊魂と肉体の風であったり

風の居場所とは追い出すものではなく、すなわち
自らその身体の子宮の沼に深く入り込み
眠っている火になってみるのもまたどうだろうか
浮ついた心であったり風であったり体であったり　すべてが
うっとりとした宇宙の風の中に安らかに宿っているもの、すなわち
服薬の盃などを交わすのはまたどうだろうか

――「風」一部

この詩は風という言葉の呼び起こす想像力に頼り、人生の形而上学的な苦境を自然に解消していく場面を表している。風自体がそこまで多様で異質な質料を持っているかどうかは分からないが、作用という面で風は三通りの人生を吹き抜けていく。大地を風が吹き過ぎれば、それはタンポポの綿毛と同じく生命の胞子を撒き散らす天の助けとなる。風が命を散布するのだ。風が吹いたから生命が宿るというわけである。さらに、風が心に入りこめば人生の逸脱を激しく誘発する。たちまち人生の中心から辺境へと逸脱をけしかける。風が吹いたから浮つくというわけだ。

命を芽生えさせ、体を激しく動かして人生の辺境へと逸走させる風は、自然と物理と倫理をあらかじめ知った上で吹いているわけではない。断続は完全に人間的な視界の中にだけ存在する。風は形而上学、物理学、欲望に境界を作ることはない。人生と死と欲望が風の中に遊んで

いるのだ。すぐそこに逆転の機会がある。この詩は天の助けと激発と逸走を繋ぎ通すことで、これをまた別の風、つまり一つの呼吸へと鍛え直す。物理的苦痛と形而上学的な慰めに身を任せた経験もなしに息吹を生み出せるはずがない。苦痛と慰めは息吹には及ばない。この詩集には苦痛の来歴と慰めの歴史と息吹の願いが、一つの呼吸に込められている。言葉が奔走するように横糸と縦糸を行き来すればまた一つ新たな息吹が増えるようだ。

＊スーザン・ソンタグ：Susan Sontag（一九三三年一月一六日〜二〇〇四年一二月二八日）アメリカの作家、エッセイスト、小説家。人権問題等について活発に表現活動を展開し、生涯を通じてオピニオンリーダーとして活動した。

チョ・ガンソク（趙強石）
一九六九年韓国全羅北道全州に生まれる。延世大学校英語学科と同大学校大学院国文学科博士号取得。二〇〇五年『東亜日報』の新春文芸で文壇デビュー。批評集には『アポリアの星座達』『経験主義者の視界』があり、研究書としては『非和解的仮想の二つの様態』がある。二〇〇八年〈金達鎭若き評論家賞〉を受賞した。現在、延世大学校国語国文学科教授として在職中である。

訳者の言葉

砂漠を歩く流浪者の歌

韓成禮《ハン・ソンレ》

金鍾泰の詩は精神的な苦痛を鋭く記録すると同時に、これを通して照らし出される生の悲劇性を凄絶なほどに認識し、さらにはそのすべてを越えていこうとする精神的な意志を描き出している。そこでは極限へと自分を追い込んでいく叙情的な主体にも出会うこととなる。極限へと進むものの生と死は重なり合っていて、コインの裏表を切り離すことができないように、肉体的苦痛と精神的苦痛を分離することはできない。

詩の中で主に話者となるのは流浪する自我である。それは非常に遠くまで来てしまって家に戻ることのできない人、留まって休むことのできる場所を持たない人である。流浪者は肉体的、精神的な疲労が蓄積している。そのため目を失えば見えるようになり、舌を失えば話ができ、足を失えば歩いていくことができる、まさにその場所を探し求めている。

「道」に象徴される生の軌跡は、あらゆる死で点々と綴られている。止まりそうな危うい心臓は、毎朝自らが目を覚ますのを認知しながら生きていき、消滅していく肉体に気付いて死を意識する。ところが話者にとって死とは完全に消えるものではなく、一つの個体の死は輪廻し、次の生を生み出すことを意味している。それ故にどこまでが自分の記憶であり、どこまでが自分ではないものの追憶なのか分からないと吐露する。

「生」と「死」について深く思惟する形而上学的な探索を基礎に、実体験に基づいた「時間」と「記憶」に関して緩やかに告白をしたり、存在するすべての者が経験する生成と消滅の過程についての省察を通して、究極の存在論的な肯定に至る道のりを険しくも美しく表現している。このために情熱的かつ遊牧的な魂を通して、私たちの時代における一つの独特なメタファー的形状に出会うことができるのである。

このように金鍾泰の詩は生に刻まれた苦痛、そして死を鋭く表現しながら、同時に死の果てに置かれた生を意識している。そういった理由から強烈なニヒリズムに出会いもするが、これを乗り越えた精神的な力と克服の意思に気付くことになる。

遊牧と哲学的な通察が堅くむすびついている詩篇も多いが、詩語として度々見受けられる「遊郭」と「砂漠」という単語は原型として「原始（始原）」と「不毛」の空間を象徴している。詩人の多くは砂漠という単語をもって、疲れていても黙々と歩くことのできる求道的な行路を想像したり、人生論的な苦痛として比喩したりする。金鍾泰は砂漠を生成と消滅の成り立つ空間として設定し、砂漠で運命の役割について考え、その出入り口を開けば広く果てしなく、閉ざせば空虚であるという二重の属性を吐露する。砂風が蜃気楼のように低い鳴き声となって広がった時、月明りの下に埋もれた古都の陶器のかけらは、行為と音、香りとなって生成と消滅が繰り返される砂漠の風景を完成する。

この詩人は自分の経験してきた人生を歌いながら生成と消滅、生と死、存在と不在などの相反する属性が一つの体として結び付いているという複合的な事実に注目し、私たちの生の底辺で渦巻いている審美的な激情をかたちにする。このようにして、すべての対立するものたちの境目を徐々に消していきながら、その対立する形質たちが実存を構成する上でなくてはならない両面的属性であることを、一つずつ証言していく。この過程を通して浪漫的な遊牧と古典的な洞察を結合させ、消失点を透過してきた存在する極点を鮮烈に表現している。

やさしい言語で感動を与えつつ、私たちに深い世界を示してくれる金鍾泰の詩が、日本の読者からも愛されることを願っている。

ハン・ソンレ（韓成禮）

一九五五年、韓国全羅北道井邑生まれ。世宗大学日語日文学科及び同大学政策科学大学院国際地域学科日本学修士卒業。一九八六年、『詩と意識』新人賞を受賞して文壇デビュー。詩集に、『実験室の美人』『笑う花』、日本語詩集『柿色のチマ裾の空は』『光のドラマ』、人文書『日本の古代国家形成と「万葉集」』などの著書があり、許蘭雪軒文学賞、詩と創造賞（日本）受賞。宮沢賢治『銀河鉄道の夜』、丸山健二『月に泣く』、辻井喬『彷徨の季節の中で』、東野圭吾『白銀ジャック』など、韓国語への翻訳書と、日韓間で詩・小説・童話・エッセイ・人文書・アンソロジーなど、二〇〇冊余りを翻訳。特に、日韓間で多くの詩集を翻訳し、鄭浩承詩集『ソウルのイエス』、金基澤詩集『針穴の中の嵐』、安度昡詩集『氷蝉』などを日本で翻訳出版し、小池昌代、伊藤比呂美、田原などの詩人の詩集を韓国語で翻訳出版した。現在、世宗サイバー大学兼任教授。

金鍾泰（キム・ジョンテ）

1971 年大韓民国慶尚北道金泉市で生まれる。高麗大学校国語教育科及び同大学大学院国語国文学科修士、博士号を取得（文学博士）。1998 年《現代詩学》にてデビューした。詩集『故郷を離れてきたものたちの夜道』『五角の部屋』、評論集及び研究書『文学の迷路』『韓国現代詩と叙情性』など多数の著書と論文がある。〈青馬文学研究賞〉〈詩と表現、作品賞〉を受賞。現在、湖西大学教授。

金鍾泰日本語詩集　**腹話術師**

2019年5月5日　第1刷発行
著　者　金鍾泰 詩／韓成禮 訳
発行人　左子真由美
発行所　㈱ 竹林館
〒530-0044　大阪市北区東天満2-9-4 千代田ビル東館7階FG
Tel　06-4801-6111　Fax　06-4801-6112
郵便振替　00980-9-44593
URL http://www.chikurinkan.co.jp
印刷・製本　モリモト印刷株式会社
〒162-0813　東京都新宿区東五軒町3-19

ISBN978-4-86000-402-6　C0292